흑마법사 무림에 가다

박정수 판타지 장편 소설
FUSION FANTASY STORY & ADVENTURE
10

dream books
드림북스

흑마법사 무림에 가다 10
귀환

초판 1쇄 인쇄 / 2009년 6월 29일
초판 1쇄 발행 / 2008년 7월 9일

지은이 / 박정수

발행인 / 오영배
편집장 / 김경인
펴낸 곳 / (주)삼양출판사 · 드림북스

주소 / 서울특별시 강북구 미아8동 322-10호
대표 전화 / 02-980-2112 팩스 / 02-983-0660
편집부 전화 / 02-980-2116 팩스 / 02-983-8201
홈페이지 / www.sydreambooks.com

등록번호 / 제9-00046호
등록일자 / 1999년 3월 11일

ⓒ 박정수, 2009

값 8,000원

(주)삼양출판사 · 드림북스의 서면 허락 없이는 어떠한
형태나 수단으로도 이 책의 내용을 이용하지 못합니다.

ISBN 978-89-542-3181-7 04810
ISBN 978-89-542-2686-8 (세트)

* 지은이와 협의하에 인지는 생략합니다.
* 잘못된 책은 구입한 곳에서 바꾸어 드립니다.

10

귀환

박정수 판타지 장편 소설

흑마법사 무림에 가다

FUSION FANTASY STORY & ADVENTURE

목차

제1장 드러난 음모 · · · · 009

제2장 송겸의 집념 · · · · 035

제3장 황사의 계략 · · · · 061

제4장 반전의 실마리 · · · · 103

제5장 진격 · · · · 133

제 6 장 새로운 시작 · · · · 161

제 7 장 하르센 대륙 · · · · 227

제 8 장 마법사 밀러 · · · · 253

제 9 장 출천 준비 · · · · 273

제 10 장 마현의 무위 · · · · 293

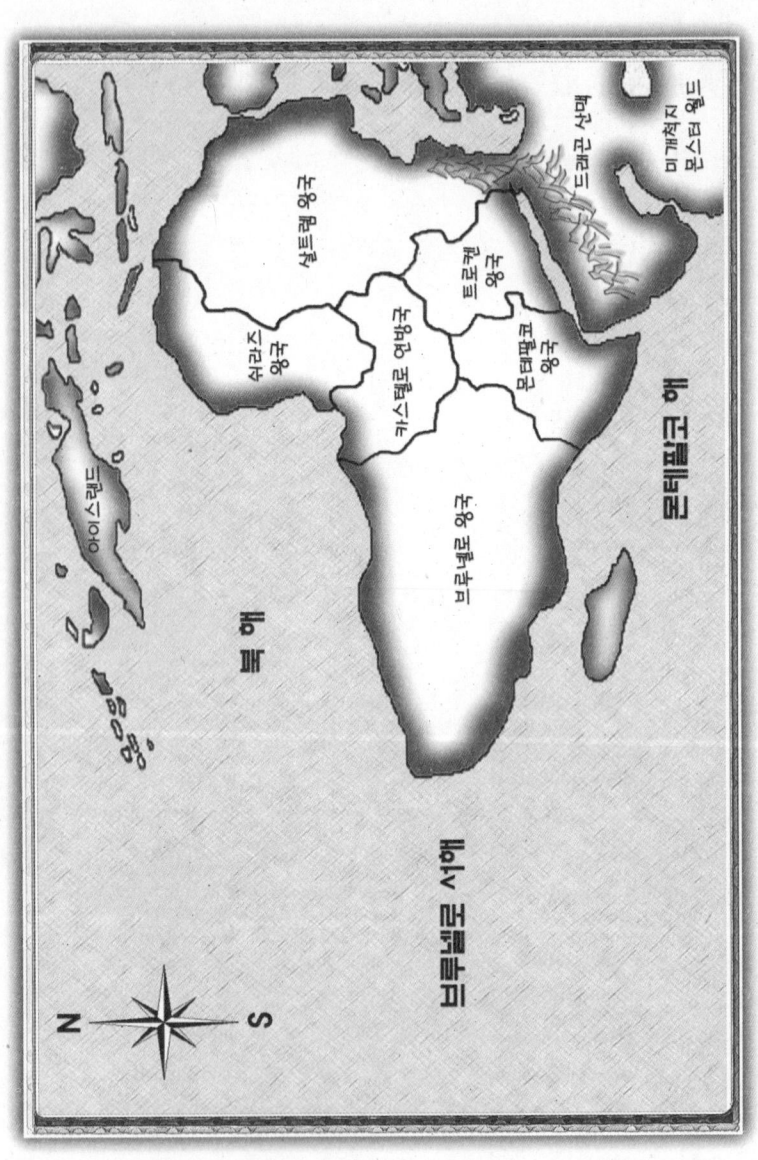

하르센 대륙(백년전쟁 전)

하르센 대륙(백년전쟁 후)

드러난 음모

건청궁 내 대리석이 완전히 헤집어지며 삼백 구의 다크 스켈레톤이 모습을 드러냈다.

―캬아아아아!

―캬캬캬캬캬!

다크 스켈레톤들은 흉흉한 안광을 번뜩이며 섬뜩한 귀성을 일제히 터트렸다.

후드득!

삼백 구의 다크 스켈레톤의 귀성이 건청궁 내 대전을 흔들자 높디높은 천장에서 먼지가 우수수 떨어졌다.

자박 자박 자박!

황제의 수신호위 대영반인 사방신은 다크 스켈레톤들이 발을 내딛어 공간을 좁히자 발을 넓게 디디며 일제히 검을 뽑아 들었다.

 그 이름처럼 사방신인 청룡, 주작, 백호, 현무가 양각된 가면을 쓰고 있는 네 영반의 얼굴에는 당황함이 그려졌다. 그들의 시선이 황제가 아닌 다크 스켈레톤에게로 모이자 마현의 모습이 그 자리에서 사라졌다.

 번쩍!

 그리고 다시 모습을 드러낸 곳은 황제가 앉아 있는 옥좌 앞 서탁 바로 위였다.

 "헙!"

 마현이 눈 깜짝할 사이에 황제 바로 앞에 모습을 드러내자 사방신 대영반 중 한 명이 헛바람을 들이마셨다.

 "실드!"

 하지만 그것보다 빨리 마현은 실드를 쳤다.

 투명한 실드는 한순간 마현과 황제 주위에 만들어짐과 동시에 마현의 의지대로 그 크기를 키웠다. 순식간에 옥좌 위를 가득 채우는 실드로 인해 사방신 대영반들은 실드에 밀려 옥좌 밑으로 물러날 수밖에 없었다.

 사방신 대영반들은 재빨리 몸을 틀어 실드로 검을 휘둘렀다.

 와장창창창!

실드가 부서졌다.

하지만 마현은 그리 될 것을 이미 알고 있었다.

이미 예상한 바였다.

실드가 부서질 때 마현은 황제에게 머리를 숙였다.

"흡족하셨는지 모르겠습니다, 폐하!"

챙 챙 챙 챙!

마현의 숙여진 머리로 네 자루의 검이 와 닿았다.

그 순간 마현은 다시 블링크를 이용해 원래 앉아 있던 자리로 돌아왔다. 그리고는 담담한 표정으로 황제의 눈을 직시했다.

마현의 시선에 황제의 뺨이 씰룩거리기를 잠시.

"크하하하하하!"

황제는 광소를 터트렸다.

그 웃음에는 분노가 아닌 통쾌함이 담겨 있었다.

황제는 정말로 시원하게 웃었다. 눈가에 눈물이 살짝 맺힐 정도로 말이다.

'저, 저런 미친 놈!'

황당하기 짝이 없는 이 광경에 걸왕은 그저 입을 쩍 벌리고 있었다.

"물러가라!"

황제는 모습을 드러낸 사방신 대영반들을 향해 손을 휘저었다. 사방신 대영반들은 마현을 한 번 노려본 후 그 자리에서 사라졌다.

그들이 사라지자 마현 역시 다크 스켈레톤들을 다시 어둠으로 돌려보냈다.

단 한 번의 등장에 건청궁 바닥은 완전히 황폐하게 변했다.

"폐, 폐하."

기둥 뒤에서 와들와들 떨고 있던 태 환관은 황제를 애타게 부르며 옥좌를 향해 걸음을 내딛었다. 하지만 여전히 후들거리는 다리와 부서진 장판석에 몇 번이나 발이 걸려 넘어진 후에야 황제의 곁으로 다가올 수가 있었다.

황제는 그런 태 환관을 내려다보며 눈살을 찌푸린 후 마현을 향해 다시 고개를 돌렸다.

"끄응!"

무언가에 심기가 뒤틀린 듯 황제는 앓는 소리를 내뱉었다.

"대신들이 보면 다들 기겁하겠군."

아마도 완전히 뒤집힌 바닥을 보는 것이 편치 않기 때문이리라.

"레스터레이션(restoration)!"

마현이 손을 휘저어 마력을 사방에 뿌리자 산산조각 났던 장판석들이 제자리를 찾아간 후 언제 부서졌냐는 듯 완전히 복원되었다.

눈 몇 번 깜빡이자 완전히 제 모습을 찾은 광경에 황제의 눈이 동그랗게 떠졌다.

"이름이 마현이라고 했었더냐?"
"그러하옵니다, 폐하."
"금군도독 자리는 어떠하냐?"
"……?"
"짐의 힘이라면 그 정도 자리는 어렵지 않느니라."

 황제는 턱을 괴고 마현을 내려다보며 아무렇지 않게 말했다. 뒤에 이어진 말로 마현은 황제가 무슨 말을 한 것인지 깨달았다. 금군도독이면 가히 명실상부한 권력자의 자리였다.

 하지만 그건 어디까지나 조정과 정치에 뜻을 둔 자에게나 해당되는 말이다.

"황공하오나……."
"부마도위!"

 황제는 마현의 말을 싹둑 잘랐다.

"짐에게 어여쁜 공주가 하나 있다."

 그 말에 정작 너무 놀라 입을 쩌억 벌린 것은 마현이 아니라 걸왕과 옥좌 바로 아래 서 있던 태 환관이었다.

"황공하오나 황명을 거두어주시옵소서."

 조금도 생각하지도 않고 마현이 바로 거절하자 황제의 표정이 살짝 일그러졌다.

"그대는 욕심이 없는 것인가, 아니면 욕심이 너무 큰 것인가?"

 마현을 탐내던 황제의 시선이 바뀌었다. 그의 눈에는 마현에 대한 호기심이 가득 담겨 있었다.

"소인은 그저 한 길을 걸을 뿐이옵니다. 그 길에서만은 소인 역시 욕심이 많다면 많사옵니다, 폐하."

마현은 완곡하게 다시 한 번 황제의 명을 거절했다.

"그 길에 짐은 없다는 뜻인가? 무엄한 자로군."

황제의 마지막 말은 꽤나 퉁명스러웠다. 그리고 그 어투에 쉽게 자신을 포기하지 않을 것이라는 의지가 담겨 있었다. 내키지 않았지만 마현은 처음으로 자존심을 한 번 굽히기로 했다. 그 이유는 전에 없던, 하지만 이제는 분명 존재하는 사랑하는 이들 때문이었다.

"신(臣)은······."

마현은 처음으로 소인이 아닌 신이라는 단어로 자신을 지칭했다.

"이 나라의 신민이옵니다. 그러하오니 제가 어느 길을 걷든 황제 폐하의 뜻 아래 있사옵니다."

"크음!"

황제는 마현의 뜻을 단숨에 간파했다.

품에 있는 황금보다 남의 손에 있는 황금이 더 크다고 느껴지는 것일까? 황제는 온갖 부귀영화에도 흔들리지 않는 마현이 더욱 욕심났다.

"어상(御床)이 들 시간이옵나이다. 황제 폐하."

"벌써 시간이 그리 되었는가?"

황제는 수랏상이 준비되었다는 소리에 순간 눈빛이 반짝였다. 간단히 속을 달래는 아침상이라고 해도 그 시간이 족히 반 시진은 걸린다. 거기에 소소한 다과까지 곁들면 한 시진이 훌쩍 지나간다.

황제는 앞에 펼쳐진 빈 종이에 붓을 휘날렸다.

  한 시진 안으로 대소신료들을 모두 입궐시키라!

태 환관의 얼굴이 살짝 굳어졌지만 황제는 짐짓 모른 척 입을 열었다.

"두 상 더 준비하라."

"어명을 받자옵나이다."

태 환관이 허리를 숙인 채 종종 걸음으로 대전을 빠져나갔다.

"마침 적적한 차이니 짐이랑 요기나 하라."

당혹스러운 명이었지만 마현과 걸왕은 거부할 수 없었다.

"황공하옵니다, 폐하."

"성은이 망극하나이다."

     *   *   *

어느 곳보다 조용한 아침을 맞이하는 대림학당(大林學堂).

근 이백여 년의 유구한 세월을 가진 명문 학당 중 한 군데였다. 고관대작이 된 이들을 손가락으로 헤아릴 수 없을 정도로 많이 배출한 만큼 독보적인 위치에 서 있는 곳이었다.

그렇기에 문사들 사이에서는 조정에서 출세를 하려거든 한림원이 아닌 대림학당을 거치라는 말이 아주 자연스럽게 나돌 정도였다.

물론 처음에는 대림학당에서 수학한 이후, 문과에 급제하여 한림원을 거친 이들도 상당수 있었다. 하지만 자연스레 유림에서 한림원과 대림학당이 양대 산맥으로 대두되면서 한림원에서는 대림학당 출신을 뽑지 않았고, 대림학당 출신 문인들 역시 한림원으로 발걸음을 딛지 않았다.

그렇게 한림원과 대림학당이 갈라서게 된 것은 그 당시 대림학당의 대스승이었던 양호가 황사 자리에 오르면서부터였다.

폐쇄성이 짙은 한림원에 비해 대림학당은 상당히 개방적이었다.

어지간한 뒷배 없이는 발조차 들여놓을 수 없는 한림원에 비해 대림학당은 실력만 있으면 누구라도 들어가 학문을 수련할 수 있는 곳이었다.

그렇게 인재가 넘쳐나던 곳이었기에 양호의 조언을 받은 황제가 대림학당의 문인들을 적극 등용하기 시작했다. 물론 인재도 인재였지만 그들에게 뒷배가 없다는 것이 더욱 큰 이유였다. 오로지 실력으로 조정에 온 문인들은 가문의 이익에 따라 움직이지 않고 오로지 황제에게만 충성을 다하는 신하였기 때문이다.

그렇게 평행을 달리던 한림원과 대림학당 사이의 저울이 서서히 대림학당으로 기울어지게 된 것이다.

양호의 뒤를 이어 그의 제자인 사환이, 그리고 또 그의 제자인 송겸이 황사 자리에 올랐다.

그것은 암묵적으로 황사의 자리는 한림원 출신의 문인이라는 공식을 깨트리는 것 정도가 아니라 이제는 대림학당의 주인인 대스승이 황사 자리에 오르는 것이라는 확고한 공식을 만들어버린 것이다.

그리하여 이제는 한림원마저 한 수 접어줘야 할 정도로 대림학당의 위세는 한림원을 넘어선 지 오래였다.

헌데 이상한 일이었다.

그렇기에 어느 곳보다 고즈넉한 아침을 맞이해야 할 대림학당의 주인인 대스승이자 황사인 송겸의 서실에서 오늘은 놀랍게도 노기(怒氣)로 가득 찬 노성(老聲)이 방 안을 쩌렁쩌렁 울린 것이다.

"무어라? 실패?"

하지만 송겸의 그런 노성도 순식간에 잦아들었다.

"조 대영반을 비롯해 휘하 네 영반과 금의군 내 별군 모두 동창의 뇌옥(牢獄)에 하옥되었다고 합니다."

이어지는 송채모의 대답에 송겸의 몸이 비틀거렸다.

"어르신!"

그 모습에 송채모는 재빨리 일어나 송겸의 몸을 부축했다.

"어떻게 일이 그리될 때까지 손을 쓰지 못한 겐가?"

송겸은 송채모의 손을 뿌리치며 자리에 앉았다.

"소, 송구합니다, 어르신."

송채모의 대답에 송겸은 그저 한숨을 삼킬 수밖에 없었다.

"황제 폐하께서는 지금 무얼 하고 계신가?"

"이른 새벽 조 도독과 박 도독을 알현하신 후 지금……."

"지금?"

머무적거리는 송채모의 대답에 그렇지 않아도 잔뜩 주름진 송겸의 얼굴에서 미간에 깊은 빗금까지 그어졌다.

"걸왕이라는 자와 …… 마현을 알현 중입니다."

송겸은 서탁 위의 벼루를 집어 들고는 송채모를 향해 냅다 던졌다.

퍽!

벼루는 송채모의 머리에 맞으며 먹물을 사방으로 뿌려댔다.

그저 말없이 다시 조아리는 송채모의 머리 밑으로 검은 먹물과 붉은 핏물이 뒤섞여 뚝뚝 떨어졌다.

"조 도독과 박 도독은 그렇다고 해도 적어도 걸왕이라는 자와 마현의 알현을 막았어야 하지 않은가!"

"소, 송구합니다, 어르신."

"송구, 송구! 자네는 그 말 말고는 할 게 없는 겐가? 내가 사람을 잘못 보아도 한참을 잘못 보았군. 에잉, 쯧쯧쯧."

송겸의 질타에 송채모는 그저 몸을 바들바들 떨 뿐이었다.

"이러고 있을 때가 아니지. 일단 폐하를 만나야겠어."

송겸이 자리에서 일어나자 송채모도 머뭇머뭇 함께 몸을 일으켰다.

"대인."

그때 대림학당 총관이 방문 밖에서 송겸을 불렀다.

"무슨 일인가?"

"황궁에서 송 진무사께 황명이 내려왔습니다."

"무엇이오?"

송채모가 문밖에 서 있는 총관에게 조금 큰 소리로 물었다.

"정시 사정(正時 巳正; 오전 10시)까지 입궐하라는 황명입니다, 진무사 어른."

"알았소."

송채모의 대답을 들은 총관이 발길을 막 돌리려 할 때 송겸이 다시 그를 불러 세웠다.

"송 진무사만 부르신 겐가?"

"아닙니다, 대인. 대소관료 모두 입궐하라는 황제 폐하의 명으로 알고 있습니다."

총관의 대답에 송겸의 얼굴이 딱딱해졌다.

"대전회의를 열겠다는 어명이 아니신가?"

"……"

"나에게 내려온 황명은 없으시고?"

"그렇습니다, 대인."

송겸의 눈가가 파르르 떨렸다.

이런 일이 한 번도 없었다. 항상 대전회의를 열기 전 자신을 먼저 불러 여러 가지 정사를 논의하고 자문을 구했었다. 그런데 오늘은 자신을 먼저 부르지 않았다.

아니 아예 부르지 않은 것이다.

필시 지난 밤 조범의 일로 황제를 먼저 알현한 조자경과 박인태 때문이 분명했다.

"총관."

"예, 대인."

"당장 황성으로 갈 것이다. 준비하게."

"알겠습니다, 대인."

총관이 사라지는 소리가 들린 후 송겸은 송채모를 노려보았다.

"송 북진무사. 무슨 일이 있어도 반드시 동창 뇌옥에서 아이들을 빼놓게."

"알겠습니다."

"이 일에 목숨을 걸어야 할 게야!"

송겸의 눈에서 시퍼런 살기가 번뜩였다. 그 살기에 움찔한 송채모의 목이 자라목처럼 어깨 사이로 파묻혔다.

* * *

'젠장, 내 살다 살다 이 진귀한 음식을 입으로 먹는지 콧구멍으로 먹는지 모를 날이 오다니.'

그것만이면 차라리 다행이다.

걸왕은 그답지 않게 깨작깨작 먹고 있음에도 도통 속이 더 부룩한 것이 영 소화도 되지 않았다. 하기야 그 난리를 한바탕이나 쳤으니 제대로 소화되는 게 더 이상할 것이다.

'이런 진미들이 모래알보다 더 까칠하니……'

걸왕은 젓가락으로 밥알 몇 개를 입에 넣으며 마현을 슬쩍 쳐다보았다. 무슨 강단이 저리도 좋은지 마현은 느긋하게 음식을 음미하고 있었다.

"입에 맞지 않느냐?"

"예, 예?"

걸왕은 당황한 나머지 젓가락을 입에 문 채 황제를 쳐다보았다.

"음식이 입에 맞지 않느냐고 물었다."

"컥! 쿨럭쿨럭!"

음식을 삼키다가 갑자기 말을 하려니 목구멍이 탁 막혔다. 결국 기침을 해대다가 물을 벌컥벌컥 마셔 겨우 목구멍을 뚫을 수 있었다.

하지만 그 모습 자체가 또한 황제에 대한 불경이 아닌가?

걸왕은 재빨리 바닥에 엎드렸다.
"화, 황공하옵나이다."
"껄껄껄. 그대는 마교 소교주와는 너무나도 다르구나."
그런 모습에 황제는 즐거운 듯 웃음을 터트렸다.
'니미, 이거…….'
가뜩이나 죽을 맛인데 마현까지 얄밉게 굴자 이건 숫제 바늘방석에 앉아 있는 것보다 더하면 더했지 못하지 않았다. 차라리 목숨을 내놓고 필패의 싸움을 해도 이것보다 더 불편하지는 않을 것이 분명했다.
"그대는 참으로 맛있게 먹는구나."
마현이 때를 맞춰 수저를 내려놓는 것을 보며 황제가 말했다. 마현의 겉모습이 그리 보였을 뿐 그도 그다지 편히 밥을 먹은 것은 아니었다.
하지만 알게 모르게 황제와 기 싸움을 하고 있는 중이었다.
"황제 폐하의 성은에 그저 황공할 따름이옵나이다."
약한 모습을 보였다가는 아차 하는 순간 그에게 이끌려 신료가 되기 십상이었다. 그렇기에 마현은 상당히 뻣뻣하게 나갔다. 강제로 자신을 신하로 삼아도 결코 고분고분하지도 않을 것이며 오히려 골치가 아플 것이라는 기색을 은근히 드러낸 것이다.
그러나 그것은 마현의 완전한 오판이었다.
무소불위(無所不爲)의 권력을 휘두르는 황제다.

그의 말 한 마디면 어느 누가 목이 날아가도 하등 이상하지 않을 정도로 역대 최고의 황권을 자랑하고 있었다. 그런 황제에게 정적이란 없었다.

오로지 측근이 되고자 하는 자들만 있을 뿐.

물론 충정에 말을 거스르는 자들은 하나둘 정도 있었다.

하지만 그동안 자신이 원해서 얻지 못한 신하는 없었다.

그런데 마현은 아니었다.

그렇기에 마현의 그런 모습은 오히려 황제의 눈에 더 들었고, 마음을 더욱 흡족하게 할 뿐이었다. 한편으론 완고한 마현의 마음을 느꼈기에 약간 씁쓸하게 입맛을 다시기도 했다.

'하지만 짐은 그대를 놓아주지 않을 것이다.'

다시 한 번 확고하게 결심을 굳히며 시중을 들고 있는 궁녀에게 다과를 내올 것을 명했다.

이어 다과상이 나온 후 차와 다과를 거의 다 비울쯤이었다.

"폐하, 대전에 모든 신료들이 들었나이다."

태 환관이 다가와 대전회의 준비가 끝났음을 알려왔다.

"벌써 시간이 그렇게 흐른 것인가?"

"그러하옵니다."

"반 각 후에 가겠노라 전하라."

"예, 폐하."

태 환관이 나가고 궁녀들이 안으로 들어와 다과상을 정리하기 시작했다.

그때였다.

"폐하, 황사 송겸이 알현을 청하옵나이다."

"황사가?"

황제의 눈가가 찌푸려졌다.

부르지도 않은 황사가 대전회의에 맞춰 입궐했다. 거기에 먼저 자신을 찾아온 것이다.

"황명을 내릴 때까지 자중하고 있으라 전하라."

"예, 폐하."

하지만 황제의 명은 송겸에게 순순히 받아들여지지 않은 듯했다.

"폐하! 소신 송겸이옵나이다. 부디 알현을 윤허해 주시옵소서! 폐하!"

밖에서 약간 소란한 소리가 들려온 후 송겸의 절절한 목소리가 흘러들어왔다.

"……"

황제는 입을 굳게 다물며 아무런 반응도 보이지 않았다. 거듭된 송겸의 소리에 결국 황제는 눈까지 감았다.

우당탕탕탕.

"아니 되옵니다, 황사!"

"화, 황사!"

다시 일어난 소란.

콰당!

그 끝에 방문이 활짝 열리며 송겸이 안으로 들어섰다. 그리고는 황제 앞으로 달려가 방바닥에 머리를 쿵 찧었다.

"폐하!"

뒤를 이어 황망한 얼굴을 한 환관들이 안으로 우르르 달려 들어와 그런 송겸을 끌어내려 했지만 황제가 조용히 손을 저었다. 환관들은 황제의 명에 고개를 조아리며 일제히 물러났다.

"황사는 오늘 짐을 여러 번 실망시키는구려."

황제는 여전히 눈을 뜨지 않은 채 무겁게 입을 열었다.

"오해이옵니다, 모함이옵니다, 폐하!"

송겸은 다시 한 번 머리를 바닥에 쿵 찧으며 절절하게 소리쳤다.

"그저 그 소리를 하려고 온 곳이오, 황사?"

"소신의 충정을 어찌 그리 몰라주시나이까."

"황사의 충정이야 누구보다 짐이 잘 아오. 하오만……."

송겸은 황제의 말에 고개를 들었다.

"황사는 짐에게 언제나 과함은 모자람보다 못하다 했소. 짐에게 중용(中庸)의 묘를 가르쳐준 황사가 어찌 그런 것인지 짐은 알다가도 모르겠소."

조용한 목소리였지만 상당히 무거운 질책이 송겸에게 내려졌다.

"하오나 중용만으로 이상적인 정치가 어렵다고 폐하께서는 늘 소신에게 말씀을 하셨사옵니다."

"그래서 짐이 알다가도 모르겠다고 한 것이오."

황제는 송겸을 내려다보며 고개를 절레절레 저었다.

"하오나 폐하. 넓은 아량으로 무림이라는 곳을 그냥 놔두기에는 너무나도 위험하옵니다."

송겸의 말에 황제의 시선이 자연스레 마현과 걸왕에게로 향했다. 송겸의 말이 아주 틀린 말도 아님을 알고 있었기 때문이다.

"그런 무림이 있기에 이 나라도 존재하는 법입니다."

마현이 황제와 송겸의 대화 사이에 불쑥 끼어들었다.

바닥에 엎드려 있던 송겸이 고개를 돌려 마현을 노려보았다. 둘 사이에 시퍼런 시선이 오갔다.

"무림이 있어 이 나라도 존재한다?"

"이 나라의 치안을 누가 담당한다고 여기십니까?"

"당연히 관이 아니더냐."

"명목상 관에서 합니다."

"……?"

마현이 지금 하려는 이야기는 황제의 자리에서는 절대로 알 수 없는 것이었다. 당연히 황제의 눈빛이 반짝일 수밖에 없었다.

"사실상 치안은 각 무림문파에서 담당하고 있다고 해도 과언이 아니옵니다, 폐하."

"망발이옵니다, 폐하. 무엄하다. 어찌 가벼운 세 치 혀로 황제 폐하를 현혹시키는 것인가! 어서 망발을 멈추지 못할까!"

송겸은 몸을 부르르 떨며 마현을 향해 고래고래 엄포를 놓았다.

"조용."

황제는 송겸의 말을 가로막았다.

"흥미로운 일이고, 짐이 모르는 이야기로구나."

마현은 황제의 시선을 받으며 걸왕에게 매직마우스를 날렸다.

『걸왕 선배님, 선배님이 나서야 할 때인 것 같습니다.』

걸왕이 고개를 가볍게 끄덕이며 입을 열었다.

"그 부분에 대해서는 소신이 말씀을 올리겠나이다."

황제의 시선이 마현에게서 걸왕에게 옮겨갔다.

"불과 십여 년 전 녹림십팔채와 장강수로채라는 산적과 수적들이 있었사옵니다."

"녹림십팔채와 장강수로채? 산적과 수적들도 하나의 단체를 만들었단 말이냐?"

"그러하옵니다, 폐하."

"허어……, 그들이 떼를 이뤘다면 백성들의 피해 또한 만만치 않았겠구나."

"실질적으로 수많은 민초들과 상인들이 많은 피해를 입었었사옵니다."

"그대가 이런 말을 하는 것을 보면 이제는 없겠고?"

"물론 자그만 산채들과 수채들이 여전히 존재하오나 그 피해는 과거에 비하면 조족지혈에 불과할 정도이옵니다. 그 당시 중원 전역을 공포로 떨게 했던 녹림십팔채와 장강수로채를 무림맹이 나서서 토벌을 했사옵니다."

"아주 잘한 일이다. 그런데 무림맹에서 그러한 일을 했다고?"

황제는 고개를 갸웃거렸다.

산적과 수적은 지근거리에서 민초들의 삶의 터전을 수시로 위협하는 범죄집단이었다. 당연히 그런 산적과 수적의 토벌은 무림이 아닌 관에서 해야 한다.

"그 당시 관과 협조를 한 것인가?"

"아니옵니다. 순전히 무림맹에서 행한 일이옵니다. 그렇게 된 데에는 관에서 그들을 토벌할 생각이 없었던 것이 가장 주된 이유이옵니다."

"무어라?"

황제의 음성에 노기가 담겼다.

십여 년 전이라면 자신의 치하(治下)에서 그런 일이 있었다는 것이다. 당연히 황제의 입장에선 노기가 끓어오를 법 했다.

"당시 관에서 표면적으로 내세운 이유는 그들을 이끄는 우두머리가 무공을 익혔다는 것을 근거로 하나의 무림 방파로 인정을 해버린 것입니다. 그러니 굳이 관에서 나설 이유가 없다는 것이옵니다."

"허어! 어찌 그런 일이!"

"하지만 실질적인 이유는 관이 직접 나서 그들을 토벌을 해봤자 힘만 들고 그로 인해 얻는 것은 거의 전무했기에 다들 기

피한 것으로 생각되옵니다."

쾅!

이어진 걸왕의 말은 결국 황제의 심기를 폭발시키고 말았다.

"이 말이 사실인가, 황사?"

언제나 송겸에게는 반 존대로 일관하던 황제의 어투가 달라졌다.

"소신도 그 부분은 잘……."

황사도 들은 것이 전혀 없는 것은 아니지만 그런 세세한 것까지 신경 써 본 적이 없었기에 잘 모르는 부분이다.

"크흠!"

황제는 대놓고 못마땅한 기색을 드러내며 걸왕을 다시 쳐다보았다. 그 시선에 걸왕은 잠시 끊었던 말을 다시 이었다.

"민초들에게 가장 무서운 것은 황명이 아니라 그들 앞에 드리우진 주먹이옵니다."

걸왕의 직설적인 말에 황제의 눈썹이 꿈틀거렸다.

"이 땅에 관이 없는 곳은 있어도 무림이 없는 곳은 없사옵니다. 무림은 그런 곳에서 민초들과 함께하고 있사옵니다."

마현이 걸왕의 말을 마지막으로 거들었다.

"그렇기에 무림은, 아니 무림인들은 황제 폐하의 자랑스러운 신하들이옵니다."

담담하게 걸왕의 말을 거들었지만 마현은 내심 실소를 금치

드러난 음모 31

못하고 있었다. 사실 어찌 보면 걸왕의 설명은 궤변에 가까웠다. 물론 그의 말이 아주 틀린 것은 아니었지만 무림에서 자파의 이익과 무관하게 민초들을 위해 움직이는 문파는 거의 없었기 때문이다.

속사정이야 어찌되었든 나름 자정 능력을 가지고 있었고, 민초들의 삶에 얇지만 울타리를 만들어준 것 또한 사실이기도 했다.

"그러니까 관의 힘이 닿지 않는 곳에서 민초들의 보호막이 되어준다는 것인가?"

걸왕과 마현의 구구절절한 설명 때문인지 황제의 눈빛에 호감이 묻어나왔다.

송겸의 얼굴이 잔뜩 구겨졌다.

부드러워진 황제의 어투 때문이었다.

"폐하, 그렇기에 무림을 결코 그대로 놔두어서는 아니 되는 것이옵니다."

황제는 다시 송겸에게로 시선을 돌렸다.

그를 내려다보는 시선이 탐탁지 않았지만 천하를 다스리는 황제로서 그 어떤 의견도 무시하지 않으려는 그의 자세 때문이었다.

"관의 힘이 닿지 않은 곳에서 마치 왕처럼 군림하는 자들이 무림인들이옵니다. 그건 한마디로 이 넓은 땅에 절대로 길들여지지 않는 맹수들을 풀어놓은 것이나 매한가지이옵니다. 그렇기에 길들일 수 있는 맹수들은 길들이고, 길들여지지 않는 맹수들은 말살시켜야 하는 것이옵니다!"

송겸은 목에 핏줄까지 세우며 역설했다.

"또한 무림을 온전히 관에 편입시킨다면 이 나라의 국력 또한 역사상 찾을 수 없으리만큼 강대해질 것이옵니다, 폐하!"

마현의 눈매가 가늘어졌다.

이제야 송겸의 저의를 보다 분명히 깨달은 것이다.

참으로 유치한 생각이다.

저건 동네 꼬마가 가진 한 냥의 돈을 탐내는 이웃 어른의 탐욕스런 모습이 아닌가?

솔직히 아니길 바랐지만 예상대로 이 모든 일의 뒤에는 황사 송겸이 있었던 것이다.

"짐 또한 황사의 뜻을 모르는 바는 아니나……."

송겸을 내려다보는 황제의 눈에 측은함이 생겨났다. 오랜 시간 그를 의지하며 함께 정사를 논의한 세월의 정 때문이었을까. 황제는 미약하게 한숨을 내쉬었다.

잠시 약해졌던 황제의 눈빛이 다시 굳건해졌다.

"황사, 짐이 너무 오래 그대를 곁에 두고 있었나 보오. 욕심은 총기를 가린다고 하더니……."

"폐, 폐하!"

"지금부터 하는 말은 황명이니 잘 새겨들으시오."

강건해진 황제의 말에 송겸의 몸이 번개라도 맞은 듯 부르르 떨렸다.

"당분간 짐이 별도의 명을 내리기 전까지 자택연금(自宅軟禁)을 명하오. 홀로 근신하며 죄를 뉘우친 후 예전의 순수했던 때로 돌아오기를 짐은 진심으로 빌겠소."

"폐, 폐하! 이러실 수는 없사옵니다. 어찌 소신의 충정을 이리도 무참히 꺾어버리시나이까! 폐하!"

쾅!

결국 황제가 노기 어린 눈빛으로 어상을 거칠게 내리쳤다.

"황사! 정녕 그대에 대한 짐의 마음마저 지우게 하려는 겐가?"

"다시 한 번 재고하여 주시옵소서. 무림은, 무림은······."

"게 아무도 없느냐!"

결국 황제의 목소리도 발악하는 송겸의 목소리로 인해 덩달아 커졌다.

진노한 황제의 목소리에 몇몇 환관들이 사색이 된 얼굴로 허겁지겁 방 안으로 뛰어 들어왔다.

"당장 황사를 대림학당으로 데리고 가서 자택연금을 시키라!"

환관들은 황제의 명에 따라 송겸의 팔다리를 잡고 강제로 밖으로 끌어냈다.

"폐하! 폐하!"

방에서 완전히 끌려 나갈 때까지 송겸은 목 놓아 황제를 불렀다. 그 목소리에 황제는 눈을 질끈 감고 침묵했다.

제2장
송검의 집념

송겸의 집념

'이거 참!'

대전을 나서며 마현은 고급 비단으로 만들어진 두루마리를 내려다보며 쓰게 입맛을 다셨다.

그 두루마리는 다름 아닌 임명장이었다.

다시 펼치지 않았지만 그 안에 적힌 큼지막한 글자가 아직도 머릿속에 생생했다.

대명호국대마장군(大明護國大魔將軍).

실로 거창한 직위를 받은 것이다.

"네놈 만나 말년에 팔자 한 번 더럽게 꼬였구나."

걸왕의 손에도 마현이 들고 있는 것과 똑같은 두루마리가 들려 있었다. 걸왕이 받은 직책은 대명호국대정장군(大明護國大正將軍).

걸왕의 투덜거림을 들으며 마현은 두루마리를 일단 품에 넣었다. 황제가 직접 내린 것이니 아무 곳에나 버릴 수도 없는 노릇이었다.

'설마 황제가 그렇게 일을 저지를 줄은……, 끄응!'

좋게 생각하면 황제의 총애를 듬뿍 받은 것이고, 나쁘게 생각하면 완전히 뒤통수를 맞은 것이다.

황사가 환관들에게 끌려 나가고 바로 이어진 대전회의.

그 자리에서 마현과 걸왕은 원하던 것을 얻었다. 달라진 것이 있다면 과거처럼 관과 무림이 완전히 불가침의 영역이 아니라 상호 보완하는 관계로 바뀌었으며, 관에서 큰 일이 있을 때에는 무림에서도 적극 협조하고, 무림에서도 큰 변고가 있으면 관에서도 적극 협조한다는 것이다.

즉, 상부상조(相扶相助)의 길을 연 것이다.

그리고 아울러 무림이라는 세상을 인정하는 대신 언제나 이 제국의 신민임을 잊지 말아야 한다는 전제조건이 주어졌다.

아울러 황사의 주도로 이루어진 무림에 관한 사안들은 모조리 폐기되었다.

여기까지는 아주 좋았다.

그 뒤로 황제가 마현과 걸왕에게 대명호국대마장군과 대명호국대정장군의 호칭을 내린 것이다.

실로 거창한 직위였지만 그에 따르는 권한은 전무했다. 그러나 의무는 있었다. 그 의무는 황실에 변고가 생겼을 때 마현과 걸왕은 그 어떤 일보다 우선해서 황실을 보호해야 한다는 것이다.

 원래는 상당한 권한도 있었다.

 하지만 모든 대소신료가 일제히 반대했고, 결국 황제도 한 발 물러나면서 결국 권한은 없고 의무만 남게 된 것이다.

 조금만 달리 생각하면 의무라고 할 것도 없었다.

 "섭섭하신가?"

 건청궁에서 나와 막 건청문을 나서려는데 뒤에서 조자경이 다가왔다.

 "오히려 짐을 덜어주셔서 감사할 뿐입니다."

 "정말 그렇게 생각하시는 듯하군."

 조자경은 마현의 말이 거짓이 아님을 그의 눈빛에서 알아차렸다. 조자경은 마현이 섭섭해 할 것이라 여겨 조금은 마음이 불편했었다.

 "자네는 나와는 다른 종자임이 확실하군. 나 같으면 매우 섭섭했을 텐데 말이야."

 대명호국대마장군의 직위 자체에 권한까지 있었다면 상황이 달라지겠지만 이대로는 실상 허울뿐인 직책이었다. 결국 그 직위는 황제가 자신과 이어놓은 미약한 한 줄기 끈임 셈이다.

 "시간이 되면 차나 한 잔 들겠는가?"

"죄송합니다, 대인."

"섭섭해서 그런 것은 아닌 것 같고……."

"화마가 집안 주춧돌까지 잡아먹기 전에 꺼야 하지 않겠습니까?"

"이런, 내 생각만 했군."

조자경은 아쉬운 표정을 지었다.

"일이 끝나면 그때 한 번 들리시게."

"그리하겠습니다."

조자경이 먼저 서둘러 건청문을 나서고 이어 마현과 걸왕이 발을 뗐다.

"바로 마교로 돌아갈 생각이냐?"

"아닙니다. 그 전에 황사를 개인적으로 만나볼 생각입니다. 같이 가시겠습니까?"

"그러지."

마현과 걸왕은 빠른 걸음으로 자금성을 빠져나갔다.

* * *

'도대체 어디서부터 일이 어긋났더란 말이냐!'

송겸의 얼굴에서는 치욕을 이기지 못해 부들부들 경련이 일어나고 있었다.

분노에 휩싸인 눈동자 속에 원통함이 어렸다.

하지만 송겸은 이내 원통함을 털어냈다.

불충이었다.

감히 모시는 주인에게 원통함을 가지는 것만으로도 죽어 마땅한 불충이었다.

'내 충정은 변하지 않는다. 폐하의 마음이 나에게서 떠난다 해도.'

그리고 알아줄 것이다.

언젠가는!

반드시!

'충정을 알아줄 때까지 충성하는 것이 참된 신하의 참된 자세가 아닌가. 그러기 위해서는 스승님이, 그리고 또 그 위 스승님이 시작하신 이 대계를 완성시키는 것만이 내가 해야 할 일이다.'

송겸은 자리에서 일어났다.

한지로 가려진 창문 너머로 자리를 지키고 서 있는 금의군 병사들의 그림자가 내비쳤다.

"총관, 게 있는가?"

"부르셨습니까, 대인."

병사들로 인해 총관이 안으로는 들어오지 못하고 밖에서 대답했다.

"피곤해서 그러니 아무도 안으로 들이지 마시게."

"그리하겠습니다, 대인."

총관의 대답을 들은 송겸은 등 뒤에 걸려 있는 족자를 옆으로 밀었다. 그리고는 벽 한 군데를 슬며시 밀었다.

그르르륵!

그다지 크지 않는 소리와 함께 송겸이 앉아 있던 자리에서 자그만 공간이 모습을 드러냈다. 그 아래에는 지하로 내려가는 계단이 있었다.

송겸은 아무런 망설임 없이 계단으로 내려갔다.

그 계단 끝에는 하나의 석문이 있었고, 그 석문 너머에는 생각보다 큰 석실이 있었다.

그리고 석실 안에는 한 사람이 있었는데……, 그는 놀랍게도 송겸과 똑같이 생긴 인물이었다.

"이대로 생을 달리할 줄 알았는데 죽기 전에 제가 나서야 할 일이 생긴 모양이구려."

그는 기쁘면서도 왠지 쓸쓸한 목소리로 말했다.

송겸과 똑같은 얼굴을 가진 이는 전대 황실의 어의(御醫)이자 전시대에 화타재림(華陀再臨)이라는 별호를 얻을 만큼 의술이 뛰어난 고유였다.

십여 년 전 어의 자리에서 물러난 후 수명이 다해 별세했다고 알려진 그가 지금 송겸의 서실 아래 만들어진 석실에 있었던 것이다.

"그렇습니다."

"양 어르신의 은혜를 못 갚고 가나 싶었는데……."

머리 위에서 은은한 빛을 발하고 있는 야광주를 올려다보는 그의 눈가에 눈물을 살짝 맺혔다.

고유는 몰락한 의원의 후손이었다.

아니 그저 몰락한 것이 아니라 역모로 무너진 의원의 후손이었다. 그런 그가 살아남을 수 있었던 것은 거의 천운이었다. 그렇게 고아가 되어 떠돌다가 송겸의 대스승이었던 양호의 손에 거둬진 것이다.

그때까지만 해도 고유는 세상에 대한, 그리고 황제에 대한 복수심으로 가득 차 있었다. 왜냐하면 그의 가문은 역모 사건에 끼어들지 않았었다. 그저 조정의 권력다툼에 타의로 끼어들게 되어 몰락했기 때문이었다.

양호는 그런 고유에게 복수를 약속했다.

고유 역시 그 제안을 받아들였다.

그리고 양호는 고유에게 한 권의 책을 주었다.

세상에는 존재하지 않는다고 알려진 화타의 의서였다. 물론 완벽한 의서는 아니었고, 반은 소실되고 겨우 반만 남은 의서였다.

양호가 황사의 직위를 이용해 황궁보고를 드나들 때 천운이 닿아 황궁보고에서 발견한 것이었다. 표지에 제목도 없는 채로 바닥에 뒹구는 화타의 의서를 발견한 양호는 황궁보고 밖으로 몰래 밀반출시켰다.

고유는 그 의서를 이용해 훗날 당대 최고의 의원이 되었고,

어의가 되었다. 그리고 가문을 몰락시킨 원수들에게 복수도 했다.

물론 대가가 없었던 것은 아니다.

그 대가가 바로 지금의 현실이었다.

어릴 적에는 살기 위해, 복수를 위해 받아들였지만 나이가 들면서 그도 기꺼이 거사에 동참했다.

어릴 적.

기억도 잘 나지 않는 어릴 적, 뚜렷이 기억나는 아버지의 입에서 들은 충정심. 세월이 지날수록 그 말이 가슴 속에서 자란 것이다. 어찌 보면 그것이 비참하게 생을 마감한 아버지의 유언이 아닐까 하는 생각이 들었다.

그렇지 않다면 수년이나 되는 시간 동안 해도 보지 않고, 사람도 만나지 않고 몇 평 되지 않는 좁은 석실에 갇혀 살 수 없었을 것이다.

그렇기에 죽지도 않은 자신의 장사를 치룬 후, 그는 석실에 들어와 송겸의 얼굴로 수술했다. 그 이유는 족히 일이 년은 지나야 완벽하게 송겸의 얼굴을 가질 수 있었기 때문이다.

"이제 시작할까요?"

고유의 말에 송겸은 고개를 끄덕인 후 옷을 벗었다.

전라가 된 송겸은 석실 한구석에 놓인 석탁 위로 올라가 누웠다. 옷을 입고 있을 때는 몰랐지만 그의 몸에서 수백 개의 금침들이 빼곡하게 꽂혀 있었다.

고유는 한 치의 망설임도 없이 송겸의 머리를 풀어헤쳤다. 그러자 그의 머리에도 금침이 빼곡하게 박혀 있었다.

"오랜 잠에서 깨어나겠군요. 황사의 몸에 숨어 있는 악마(惡魔)가……."

"악마가 아니라 불멸(不滅)의 충정(忠情)입니다."

고유가 웃었고, 송겸도 웃었다.

잠시 후 웃음이 걷히자 송겸은 조용히 눈을 감았다.

"시작하겠습니다."

고유는 침을 하나 들어 송겸의 수혈 자리에 꽂았다. 그러자 송겸의 몸은 물먹은 솜처럼 축 늘어졌다. 그리고 완전히 깊은 잠에 빠질 때까지 잠시 기다린 고유는 손을 뻗어 금침을 하나씩 뽑기 시작했다.

스윽.

고유가 송겸의 몸에서 무려 한 척에 가까운 금침이 뽑았다.

분명 깊은 잠에 빠져 있음에도 불구하고 송겸의 얼굴이 고통을 이기지 못하고 일그러졌다. 그리고 미약한 신음도 흘러나왔다.

툭!

그러자 마치 막혔던 물길이 뚫린 것처럼 송겸의 몸이 들썩였다.

고유는 장장 반시진에 걸쳐 금침을 하나씩 뽑아갔다.

그럴수록 송겸의 얼굴은 안쓰러울 정도로 일그러졌고, 그의 몸은 더욱 격렬한 경련이 일어났다.

 마지막으로 고유는 송겸의 백회혈에 꽂혀 있는 금침을 뽑았다.

 "휴우."

 고유는 깊은 숨을 몰아쉬며 그 자리에 털썩 주저앉았다.

 엄청난 심력의 소모로 서 있을 힘조차 남아 있지 않았던 까닭이다.

 후우우우웅!

 수백 근의 무게가 나가는 단단한 석단이 요동치는 소리가 들렸다. 고유는 앓는 소리를 삼키며 자리에서 힘겹게 일어났다.

 고유는 그 사이 황금빛 서기로 온몸을 두른 송겸을 잠시 내려다본 후 입고 있는 옷을 모두 벗었다. 그리고는 송겸이 벗어 놓은 옷으로 갈아입었다.

 그러자 고유는 영락없는 송겸으로 변해 있었다.

 "햇빛이라……, 그립군."

 고유는 송겸이 들어왔던 문을 열고 그의 서실로 이어진 계단을 타고 위로 올라갔다.

* * *

 해가 막 하늘 꼭대기에 올라섰을 정오 무렵이었다.

 대림학당이 보이는 길목에 마현과 걸왕이 나란히 서 있었다.

"어떻게 들어가려고 그러냐?"

걸왕이 대림학당 곳곳에 서 있는 금의군을 쳐다보며 물었다.

"여기서 잠시만 기다려주십시오."

마현의 목소리에 걸왕의 눈에 못마땅함이 묻어나왔다.

"혼자 들어가려고?"

"예."

"네 눈에는 내가 어디 숫제 꿔다놓은 보릿자루로 보이느냐?"

걸왕이 따지듯이 물었지만 마현은 그저 담담한 미소를 지어 보일 뿐이있다.

"금세 다녀오겠습니다."

"내 말이 어디 귓구……."

걸왕은 끝까지 자신의 말을 잇지 못했다.

마현의 모습이 그 자리에서 순식간에 사라져버린 것이다. 그러니 허공에 대고 말을 외쳐봤자 미친놈밖에 되지 않는 까닭이었다.

"끄응!"

'괴물 같은 놈.'

걸왕의 머릿속에는 순간 허진의 얼굴이 떠올랐다.

마현 같은 제자를 키워냈다는 사실에 왠지 모를 부러움이 생겼다. 그 생각을 털어버리려는 듯 걸왕은 고개를 마구 좌우로 저었다.

'부러우면 지는 거다! 암!'

그렇게 다짐했지만 걸왕은 입 안에서 느껴지는 껄끄러움이 좀처럼 가시지 않아 연신 입맛을 다셨다.

* * *

송겸은, 송겸의 모습을 하고 있는 고유는 정말로 잠을 자고 있었다. 고단함 때문에 잠이 든 것이다.

그런 그의 앞에 마현이 모습을 드러냈다.

마현은 송겸을 내려다보며 그의 방에 음파차단 마법을 펼쳤다. 이곳의 목소리가 외부로 흘러나가는 것을 차단한 것이다.

마현은 웨이크업 마법으로 송겸의 잠을 강제로 깨웠다.

그 부작용으로 지독한 두통을 느끼며 고유가 눈을 떴다. 잠시 머리를 부여잡고 흔들던 고유는 자신 앞에 서 있는 마현을 보자 눈이 커졌다. 그리고는 깜짝 놀라 자리에서 벌떡 일어나 앉았다.

"누, 누구냐!"

고유는 큰 목소리로 외쳤다.

밖에 경비를 서고 있는 금의군을 불러들이려고 하는 수작이었다. 하지만 창문에 비치는 금의군의 그림자는 아무런 움직임도 보이지 않았다.

"게 아무도 없느냐!"

고유는 다시 한 번 큰 목소리로 외쳤지만 달라지는 것은 없었다.

"다, 당신은 누구요?"

마현이 한 걸음 가까이 다가가자 고유는 뒤로 몸을 슬쩍 내빼며 물었다. 최대한 침착하려 했지만 이미 그의 목소리는 가늘게 떨리고 있었다.

마현의 눈썹이 가늘게 치켜 올라갔다.

"네놈은 누구냐?"

송겸의 모습을 하고 있는 고유가 진짜 송겸이 아님을 알아차린 것이다. 왜냐하면 진짜 송겸이라면 반드시 단번에 자신을 알아볼 것이 분명했기 때문이다.

"무, 무슨 소리를 하는 것이냐?"

순간 고유는 심장이 철렁 떨어지는 것 같았다.

마현은 미간을 좁히며 빠르게 사태를 파악했다. 자신도 빨랐지만 송겸은 더 빨랐다.

누가 봐도 송겸이라 믿을 만큼 똑같은 이를 자신의 자리에 놔두고 사라진 것이다.

"컥!"

마현은 허공섭물의 수로 고유의 목줄을 쥐어뜯며 그를 허공으로 들어올렸다. 그리고는 자신의 코앞으로 잡아당겼다. 마현은 숨이 막힌 채 허공에서 발버둥을 치는 고유를 잠시 노려 보다가 그의 몸을 풀어주었다.

쾅당!

고유는 아래로 떨어지며 바닥에 쓰러졌다.

"크헉! 켁켁켁!"

자신의 발치에서 숨을 헐떡이는 고유를 노려보던 마현의 얼굴에 차가운 미소가 번졌다. 그가 굳이 꼭두각시까지 마련해 놓고 몸을 피했다면 분명 이 싸움판에 끼어들었다는 뜻.

'그렇다면 죽일 수 있겠군.'

마현의 미소에 죽음의 그림자가 투영되었다.

만약 그가 황명에 의해 대림학당에 연금되어 있다면 이번 일의 원흉을 눈앞에 두고도 죽이지 못한다. 하지만 그 스스로 전장에 끼어든 것이다.

"후후."

살기가 담긴 마현의 나직한 웃음소리에 고유는 저도 모르게 마른침을 꿀꺽 삼켰다. 그런 고유의 눈앞에서 마현이 사라졌다.

"게 누구 없느냐!"

마현이 사라지자 고유는 밖을 향해 다급하게 고함을 질렀다. 그 소리에 금의군 병사 두 명과 총관이 안으로 뛰어 들어왔다.

"무슨 일이십니까, 대인?"

"조금 전 아무 소리도 듣지 못한 것인가?"

고유는 노기가 가득한 음성으로 물었지만 금의군 병사와 총관은 그저 눈만 끔뻑일 뿐이었다.

"무슨 소리이온지……"

고유의 얼굴이 구겨졌다.

금의군 병사들이나 총관의 표정을 보건데 정말 아무것도 모르는 눈치였다. 이 안에서 그 난리가 일어났는데도, 그 큰 소란이 일어났는데도 말이다.

결국 여기서 더 난리를 쳐봤자 자신만 미친놈이 될 판이었다.

"……아닐세. 내가 악몽을 꾼 모양이군. 다들 나가거라."

고유는 손을 휘휘 저어 축객령을 내리며 자신의 자리로 돌아가 털썩 주저앉았다.

벽에 등을 기대니 땀으로 축축해진 등짝이 느껴졌다.

"하아."

참으로 귀신같은 자였다.

특히나 그의 눈빛은 꼭 저승사자의 눈처럼 느껴졌다. 그리고 그의 몸에서 은은하게 풍겨지던 살기. 그 눈빛을 떠올리자 고유의 몸은 오한이 들며 부르르 떨렸다. 어느새 손바닥은 땀으로 축축하게 젖어 있었다.

그때였다.

구구구구구!

땅바닥이 몹시 흔들렸다.

그로 인해 대림학당 건물들이 몸서리를 치며 먼지들을 토해 냈다.

 '서, 성공이다!'

 언제 그랬냐는 듯 고유의 얼굴에는 금세 화색이 돌았다.

 마치 지진이라도 난 것처럼 건물이 흔들리는 가운데에서도 고유의 눈은 웃고 있었다. 이 진동의 의미를 누구보다 잘 알고 있었기 때문이다.

 '반드시 황사라면……'

 주먹을 쥔 고유의 손에 힘이 불끈 들어갔다.

＊　　＊　　＊

 걸왕은 다시 자신 앞에 모습을 드러낸 마현을 보며 노골적으로 인상을 확 찌푸렸다.

 "노기가 나신 겁니까?"

 "노기? 이 일이 마무리되고 너와 다시 상종하면 내가 네놈 아들이다!"

 걸왕의 말에 마현이 고소를 머금자, 그 웃음에 걸왕의 눈썹이 꿈틀거렸다.

 "만날 입으로만 선배님, 선배님 그러면서 어디 선배 대접을 제대로 하기나 하냐? 그나저나 왜 이렇게 빨리 나온 것이냐?"

 공은 공이고 사는 사였다.

"황사가 자리에 있지만, 자리에 없더군요."
"이잉? 좀 알아듣게 말해라."
마현은 조금 전 일을 세세히 풀어서 이야기해 주었다.
"흐음!"
언제 흥분했냐는 듯 걸왕의 얼굴이 심각해졌다.
"총타로 가면 좋겠지만 일단 이곳 분타로 가자구나. 그가 사라졌다고 하니 뭔가 일이 터질 게야."
"그렇다면 총타로 가시죠."
"초, 총타? 한시가 급하……."
마현은 다시 짜증을 내려는 걸왕의 손을 잡으며 짓궂게 미소를 지었다. 그리고는 그 자리에서 어두운 빛과 함께 사라졌다.
바로 그 순간이었다.
구구구구구!
미약한 지진이 대림학당을 중심으로 퍼져나갔다.

*   *   *

"크하하하하!"
어마어마한 내력이 담긴 웃음소리가 석실을 가득 채우고도 모자라 무섭게 뒤흔들었다. 바로 석탁 위에서 눈을 뜬 송겸이 그 자리에서 웃음을 터트린 것이다.

하지만 그 웃음도 잠시.

몸 안에서 날뛰는 내력으로 인해 그는 내부가 찢기는 듯한 고통을 느꼈다. 하지만 그것은 단지 고통만 있는 것이 아니었다. 그 고통 뒤에는 짜릿한 쾌감도 느껴졌다.

마치 억센 힘으로 안마를 받았을 때 참기 힘든 고통이 먼저 온 후 느껴지는 시원함 같은 거라고 해야 할까? 문제는 그 고통이 무시무시할 정도로 크고, 시원함은 비교가 되지 않을 정도로 짜릿하다는 게 다를 뿐이었다.

송겸은 자리에서 일어나 앉았다.

'음?'

송겸은 자신이 누워 있던 석단 위에 마치 뱀이 허물을 벗어 놓은 듯한 반투명한 껍질들이 어지럽게 깔려 있는 것을 보았다.

하지만 송겸은 곧 그 껍질들이 자신의 몸에서 벗겨진 것임을 알아차렸다. 왜냐하면 매끈하게 바뀐 몸에 껍질들이 완전히 떨어지지 않은 채 약간 붙어 있었기 때문이었다.

송겸은 신기한 듯 몸에 붙은 껍질을 손으로 떼어내며 매끈하게 바뀐 몸을 어루만졌다. 몸이 노쇠해지며 곳곳에 번졌던 검버섯도 보이지 않았다. 주글주글했던 피부는 이십 대처럼 매끈해져 있었다.

송겸은 손을 들어 자신의 얼굴을 매만졌다.

역시나 얼굴도 매끈했다.

'이게 반로환동이라는 것인가?'

신기했다. 비록 면경이 없어 자신의 모습을 세세히 살필 수는 없었지만 송겸은 흡족한 눈빛으로 몸 구석구석을 훑었다. 하지만 그 시간은 오래가지 못했다.

시원함 후에 또다시 찾아든 지독한 고통 때문이었다.

그가 정신을 잃고 있을 때에는 고유의 금침 시술에 의해 어마어마한 양의 내력들이 움직였지만 송겸이 정신을 차리자 내력들은 서서히 갈 길을 잃고 헤매기 시작한 것이다.

정신을 차린 송겸은 재빨리 가부좌를 틀었다.

이미 자신의 것이 된 내력들이다.

이제 그 내력들을 온전히 자신의 지배 아래 거두는 일만이 남아 있었다. 송겸은 이제껏 머리로만 외우고 있던 대천황존신공(大天皇尊神功)의 구결을 떠올렸다.

원래 대천황존신공은 황실서고에서 절대로 유출이 불가능한 무공서일 뿐더러 황족이 아니면 절대로 보지도, 익히지도 못하는 금서 중 금서였다.

오로지 황족을 위한 무공서였다.

송겸은 그 무공서를 황제의 지극한 총애를 이용해 빼돌린 것이다.

그뿐만이 아니었다.

그의 몸속에서 꿈틀거리는 어마어마한 양의 내력을 만든 온갖 영약들도 양호를 시작으로 사환과 송겸에 이르기까지, 삼대에 걸쳐 황실보고에서 꾸준히 몰래 빼돌려왔다.

 그 영약들을 송겸은 매일매일 꾸준히 섭취한 것이다.

 하지만 내공심법을 익히지 않은 상태에서 제아무리 영약이라도 매일매일 섭취하는 것은 지독히도 위험한 일.

 그런 영약의 기운이 사라지지 않고, 또한 안전하게 몸에 쌓이도록 고유가 직접 매년에 걸쳐 금침을 이용해 시술했던 것이다.

 그리고 고유가 그 시술을 거두자 몸에서 잠들어 있던 영약들의 힘이 일시에 일어난 것이었다.

 송겸은 이날을 위해 완벽하게 외우고 있는 대천황존심법의 구결을 이용해 그 힘을 흡수하기 시작했다. 이미 고유가 금침대법을 시행하면서 강제적으로 길을 닦아놓은 터라 영약들의 기운은 굳이 송겸이 의도하지 않아도 대천황존심법의 구결대로 움직였다.

 또한 금침대법을 이용해 기경팔맥의 주요 혈도뿐만 아니라 세맥까지 영약들의 힘을 이용해 조금씩 뚫어놓고 더 나아가 더욱 튼튼히 길을 터놓았기에 송겸은 손쉽게 내력을 단전으로 흡수할 수 있었다.

 삼대에 걸친 집념과 무수한 영약, 그리고 천하의 그 어떤 무공에도 뒤지지 않는 상승심법에 의해 만들어진 결과였다.

 하지만 거침없이 단전으로 모이고 기결팔맥으로 뻗어나가던 내력이 하나의 벽에 가로막혀 강제적으로 멈춰야 했다.

"크으으!"

그 고통으로 인해 미약한 신음이 송겸의 꽉 다문 입술을 비집고 흘러나왔다.

고통을 안겨준 벽은 바로 백회혈(百匯穴)이었다.

고유가 유일하게 뚫어놓지 않은 곳이었다.

뚫고자 한다면 못 뚫을 리 없지만 위험하고 부작용이 크기에 고유는 감히 뚫지 않고 놓아둔 것이다. 하지만 단지 그것 때문만은 아니었다.

송겸이 수십 년간 몸에 차곡차곡 쌓인 영약들의 기운을 온전히 흡수하고 제 것으로 만들려면 반드시 백회혈만은 그 스스로 뚫어야 했기 때문이었다.

백회혈은 태어나면서 벌모세수를 받지 않은 이상 그 누구도 쉽게 뚫지 못한다. 태반이 목숨을 걸고 뚫는 혈이 바로 백회혈이었다.

쾅!

그런 백회혈이 몇 번 부딪히지도 않았는데 허망할 정도로 쉽게 뚫려 버렸다.

거센 파도를 한 손으로 다 막지 못하는 이치와 같았다.

그 거센 파도는 영약으로 만들어진 엄청난 양의 내력이었고, 한 손은 바로 백회혈이었다.

백회혈이 뚫리는 충격에 송겸의 몸이 휘청거렸고, 그의 코와 입, 그리고 귀에서 붉은 피가 주르르 흘러내렸다. 순리에 따라 백회혈을 뚫은 것이 아니라 무지막지한 내력으로 강제로 뚫은 탓이다.

자칫 목숨까지 위험할 수 있는 상황이었지만 아직까지 영약의 힘이 내력 속에 남아 있던 터라 백회혈의 찢어진 부위는 순식간에 치유되었고 이윽고 더욱 단단하게 만들어버렸다.

영약의 기운이 송겸의 단전에 담겨 기경팔맥을 따라 십이주천(十二週天)했다.

단전이 만들어지고 찢어지고 다시 아물기를 열두 번.

감겨 있던 송겸의 눈이 떠졌다.

번쩍!

태양보다도 눈부신 황금빛 안광이 터져 나왔다.

"으음!"

송겸의 입에서 흡족한 음성이 흘러나왔다.

몸은 날아갈 듯 가벼웠고, 한창 힘을 쓸 때인 이십 대의 그때처럼 온몸에서는 힘이 넘쳐흘렀다.

그는 자리에서 일어나 고유가 벗어놓은 옷을 입고는 계단이 있는 석문 앞으로 다가갔다.

송겸은 주먹을 꽉 말아 쥐며 석문을 노려보았다.

주먹에서 힘이 느껴졌다.

빈약한 주먹인데 단단한 석벽을 부숴 버릴 수 있을 것만 같은 자신감이 생겼다.

'이래서 무인들이 기를 쓰고 영약과 최고의 상승무공서를

찾아나서는 것인가?'

하지만 송겸은 석문을 향해 주먹을 내지르지는 못했다.

그렇게 한참을 머뭇거리던 송겸이 오랜 망설임 끝에 주먹을 들어올렸다. 왜냐하면 그 석문을 완전히 폐쇄시켜야만 하기 때문이다.

"후우."

숨을 크게 내쉰 송겸은 눈을 감은 후 주먹을 내질렀다.

콰광!

그의 주먹에 석문이 단번에 부서졌다.

콰르르르, 콰과광!

석문이 부서지자 석실 자체가 심하게 요동쳤다. 석문에 설치된 벽력탄이 그 충격으로 터진 것이다. 그로 인해 그의 서실에서 지하 석실로 이어진 통로는 완전히 파괴되었다.

산산이 박살이 난 석문을 바라보는 송겸의 눈동자가 파르르 떨렸다.

'고작 일 할의 힘을 흡수했을 뿐인데……'

부서진 석문의 두께는 일 척에 가까웠다.

'온전히 힘을 얻는다면 무림을 폐하께 바치는 것도 시간문제다.'

송겸은 부서진 석문 반대쪽으로 몸을 돌렸다.

그리고는 망설임 없이 벽 한 곳을 눌렀다.

그그극!

그러자 숨겨져 있던 석문 하나가 활짝 열렸다.

'한 달이다! 한 달이면……, 무림은 황제 폐하께 무릎을 꿇을 것이다!'

송겸은 내력을 온전히 흡수할 수 있는 은신처를 향해 발걸음을 내딛었다.

그곳은 삼대에 걸쳐 황궁보고와 서고에서 몰래 빼돌린 영약과 상승무공으로 암암리 키워낸 병기들이 잠들어 있는 곳이었다.

그곳을 가리켜 송겸과 제자들은 진정한 유림, 진유림(眞儒林)이라 불렀다.

제3장
황사의 계략

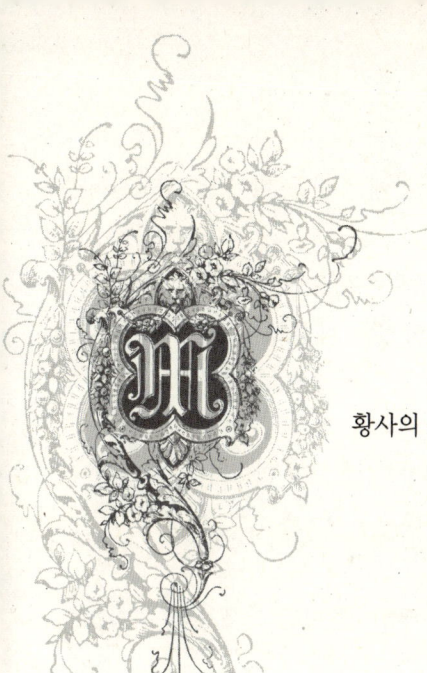

황사의 계략

폭!
날카로운 칼날이 진필성의 몸을 꿰뚫었다.
푸학!
붉은 피가 탁자 위로 흩뿌려졌다.
"크으으!"
진필성의 눈동자가 파르르 떨리고 있었다.
"결국 네놈이……."
 진필성은 자신의 복부를 검으로 찌른 자, 우검호법의 소매를 잡기 위해 손을 뻗었지만 결국 그는 아무것도 잡지 못했다. 진필성은 힘없이 의자에 주저앉았다.

털썩 주저앉은 진필성의 눈앞에는 반쯤 비어 있는 찻잔이 눈에 들어왔다.

"산공독의 맛이 제법 입에 맞았는지 모르겠소."

그런 진필성의 맞은편에 앉아 있는 제갈묘가 양손으로 턱을 괴며 물었다.

"이, 이노옴!"

분노에 가득 찬 목소리였지만 결코 크지 않았다. 오히려 힘겹게 제갈묘를 부를 따름이었다.

"좌검호법, 아니 요 형."

우검호법은 정신을 차리지 못한 채 멍하니 서 있는 좌검호법을 불렀다.

"선택하시오."

"……?"

"나는 요 형과 함께하고 싶소. 아울러 검림도 주겠소."

그제야 정신을 차린 좌검호법은 재빨리 검병(劍柄)에 손을 얹었다. 하지만 그의 의도대로 검을 뽑을 수 없었다.

챙!

날카로운 금속음이 등 뒤에서 좌검호법의 목으로 뻗어 나온 것이었다.

"……!"

등골을 오싹하게 만드는 금속의 서늘함이 목에서 느껴졌다.

"쉽게 검을 뽑으면 피를 보게 되지요."

눈동자가 떨리며 좌검호법은 마른침을 꿀꺽 삼켰다. 등 뒤에서 좌검호법의 목에 검을 겨눈 이가 천천히 옆으로 돌아 나왔다.

그는 바로 율기였다.

우검호법은 좌검호법을 보며 다시 말했다.

"요 형. 나는 진심으로 요 형과 함께하고 싶소."

"우, 우검호법."

좌검호법은 힘들게 입을 열어 우검호법을 불렀다.

"이제 나는 우검호법이 아니라 후동관이오. 이제는 이름을 찾으려 하오."

"잠시의 말미를 주시오. 잠시의……."

"좌검호법, 쿨럭! 무슨 생각이 필요한 것인가, 당장…… 컥!"

피를 토하며 소리치던 진필성의 목에 검이 꽂혔다.

제갈묘의 검이었다.

우검호법, 아니 후동관은 피 묻은 검을 닦는 제갈묘에게 가볍게 목을 숙이고는 다시 좌검호법, 요추광을 거쳐 율기를 쳐다보았다.

"율기야, 준비가 다 되려면 얼마나 걸리겠느냐?"

"이미 준비를 마쳐놓았습니다, 형님."

원래는 사형제 관계라 사형, 사제의 호칭이 맞지만 둘은 여전히 형과 동생으로 지내고 있었다.

"유, 율기라면?"

후동관도 놀랐지만 제갈묘도 상당히 놀란 눈치였다. 하지만 이내 침착하게 표정을 수습했다.

"형님, 시간이 그리 많지 않습니다."

율기였다.

"시간이 없다 하오. 반 각, 반 각의 시간을 주겠소."

그 말을 끝으로 후동관은 조용히 눈을 감았다.

조용한 적막이 짙게 깔렸다.

요추광의 숨결이 서서히 거칠어졌다. 질식할 것만 같은 적막이 그의 심장을 무겁게 짓누른 것이다.

'이것이었나? 림주가 걱정하던 것이……, 그래서 나에게 우검호법의 뒤를……'

요추광은 눈을 감고 있는 후동관을 쳐다보았다.

"우검호……, 아니 후 형. 알고 있었소?"

요추광의 질문에 후동관이 눈을 떴다.

"내가 후 형의 뒤를 밟았다는 것을……."

"하지만 림주에게 모든 것을 보고하지 않았다는 것은 알고 있었소."

후동관의 대답에 이번에는 요추광이 눈을 질끈 감았다.

'알고 있었구나, 그는 알고 있었어.'

또한 그의 대답은 자신의 의지를 꺾기에 조금도 부족함이 없었다. 요추광은 눈을 떠 이미 절명한 진필성을 쳐다보았다.

그 역시 그다지 충심이 생기지 않던 주군이었다. 하지만 마음이 결코 가볍지는 않았다.

"……대세에 따르겠소."

그래서 요추광의 대답 또한 무거웠다.

"율기야."

"예, 형님."

율기가 검을 회수하며 나직하게 휘파람을 불었다.

십여 개의 그림자가 모습을 드러냈다.

"헉!"

"헙!"

제갈묘와 요추광은 동시에 헛바람을 들이마셨다.

그때 모습을 드러낸 것은 다름 아닌 강시였던 것이다.

율기는 그들의 그런 반응에 실소를 지으며 한 강시가 들고 있던 목함을 받아들고는 탁자 위에 올려놓았다.

"이, 이게 무엇이오?"

제갈묘는 고개를 들어 율기를 쳐다보았다. 율기는 더욱 진한 웃음을 머금으며 탁자를 눈으로 가리켰다. 그 행동에 제갈묘가 조심스럽게 목함을 열었다.

제갈묘의 눈이 화등잔처럼 크게 떠졌다.

목함 안에는 세 알의 백력탄이 들어 있었다. 그저 암암리에 무림에 나도는 조잡한 벽력탄이 아니라 황군이 사용하는 벽력탄인 것이다.

"이 정도면 누가 봐도 마교의 짓이라 볼 수 있을 겁니다."
제갈묘는 침을 삼키며 율기와 후동관을 쳐다보았다.
"내일 정파 무림맹에 경종이 또 한 번 울려 퍼질 것이오."
"……?"
"무당파!"
제갈묘의 눈동자가 커졌다.
"오백여 구의 강시들과 백여 개의 벽력탄. 이것으로 충분히 무당파를 이 땅에서 지울 수 있을 겁니다."
율기의 부연 설명에 제갈묘는 어렵사리 입을 열었다.
"사, 상인이라는 분. 그러니까 그대들의 스승이란 분의 진정한 정체가 무어요?"
"우리의 스승님은……."
후동관이 제갈묘 앞으로 다가왔다.
"황사이시오."
"화, 황사? 그렇다면……."
"그 어떤 일이 일어난다고 해도 명분은 우리에게 있소."
후동관이 제갈묘의 어깨에 살며시 손을 올렸다.
"무림은 이제 제갈 대협의 것이 될 것이오."
제갈묘의 시선이 후동관에서 율기, 강시를 거쳐 벽력탄으로 차례로 이동했다.
"스승님께서 원하시는 것은 아무것도 없소. 그저 황제 폐하의 굳건한 충신이 되는 것 외에는 말이오."

율기의 음성은 참으로 달콤했다.

잠시 후, 무림맹주실에서 엄청난 폭음과 함께 불기둥이 치솟아 올랐다.

*　　　*　　　*

갑작스러운 빛 무리에 휘감긴 걸왕은 현기증을 느꼈다. 정신도 차리기 전에 익숙한 목소리가 들렸다.
"태상방주님!"
자신을 부르는 목소리는 분명 하북 천진에 위치한 개방총타주의 목소리였다. 문제는 그 목소리가 지금 들릴 이유가 없다는 것이다.
"태상방주님."
자신을 부르는 목소리가 바로 코앞까지 다가왔고, 그와 동시에 걸왕은 정신을 차렸다. 그리고 빛으로 먹먹했던 시야도 정상으로 돌아왔다.
눈앞에 서 있는 이는 정말로 개방총타주 궁개였다.
걸왕은 궁개를 쳐다보며 믿기지 않아 눈을 껌뻑거렸다.
"헛것이 보이나?"
걸왕은 양손을 올려 두 눈을 비볐다.
"태, 태상방주님?"

그 모습에 궁개가 오히려 당황했다.

"이제는 헛소리까지 들리나?"

걸왕은 새끼손가락으로 귀를 파며 눈을 한껏 부릅떴다. 여전히 눈앞에는 궁개가 서 있었다. 한참을 궁개의 얼굴을 쳐다보던 걸왕은 주위로 시선을 돌렸다.

거기에는 지겹도록 눈에 익은 개방총타가 눈앞에 펼쳐져 있었다.

걸왕의 얼굴이 심각해졌다.

"태, 태상방주님?"

궁개의 목소리를 무시한 채 걸왕이 자리에 주저앉았다.

"벌써 노망이 난 건가?"

당연한 것이다.

그는 방금까지 북경에 있었다.

빛 한 번 번쩍였다고 수백 리 밖에 있는 개방총타가 눈앞에 보일 리는 없었다. 그것은 도저히 불가능한 일이었다.

"일어나시죠, 선배님."

걸왕은 누군가가 자신을 부축하며 일으켜 세우는 손길을 느꼈다. 고개를 들어보니 마현이 거기 서 있었다.

걸왕의 눈동자가 슬쩍 커졌다.

그제야 기억이 떠오른 것이다.

그 빛 무리는 바로 마현이 만들어냈음을.

"개방총타가 맞으니 일단 안으로 들어가시는 게 어떻겠습니까? 걸왕 선배님."

마현의 표정은 진지하기 짝이 없었다.

걸왕은 눈을 껌뻑거리며 다시 주위를 둘러보았다. 그리고 궁개를 쳐다보았다.

"너 정말 궁개 맞냐?"

"그, 그렇습니다."

궁개의 대답을 들으며 걸왕은 마현을 쳐다보았다.

"정말 개방총타 맞냐?"

걸왕은 눈웃음을 지으며 고개를 끄덕이는 마현의 표정에 얼굴을 확 구겼다.

'이런 말도 안 되는 개 같은 능력이 있나!'

하지만 여전히 이해가 되지 않았지만 시간이 지나면서 인정하지 않을 도리가 없었다. 북경에서 순식간에 개방총타로 이동한 것을.

왜냐하면 떡하니 눈앞에 펼쳐져 있으니 말이다.

안절부절못하던 궁개는 걸왕이 정신을 차린 것을 확인하고는 재빨리 말을 건넸다.

"큰일이 났습니다, 태상방주님."

"큰일?"

"무림맹주 진필성이 마교의 소교주 마현의 손에 절명했다고 합니다. 하여 현재 제갈 총사가 닷새 후 무림맹 회의를 열겠다고 했습니다."

"뭐? 누가 누구의 손에 죽어?"

걸왕은 궁개의 보고에 가뜩이나 정신이 없는 머리가 더욱 어지러워졌다.

"마교의 소교주 마현의 손……."

궁개는 다시 한 번 걸왕에게 보고를 올리려다가 그 옆에 서 있는 마현을 보자 입을 딱 다물었다. 그리고는 마현을 보며 마른침을 꿀꺽 삼켰다.

"네놈이 무림맹주를 죽였냐?"

걸왕이 마현을 쳐다보았다.

"그럼 그 자리에 걸왕 선배님도 계셨겠군요."

마현은 어깨를 살짝 들어 올리며 걸왕을 쳐다보았다.

"아마도……."

"황사의 짓인 것 같군요."

걸왕의 말을 마현이 이어받았다.

"이거 제대로 뒤통수를 맞았군. 설마 황사가 자신의 팔을 잘라버리면서까지 반전을 꾀할 줄이야……."

"하지만 그들이 그렇게 움직였다는 것은 곧 꼬리를 밟을 수 있다는 뜻이기도 합니다."

마현의 눈빛이 차갑게 빛났다.

"일단 안으로 들어가자."

걸왕은 마현을 데리고 개방총타 안으로 들어섰다.

개방총타의 가장 깊숙한 곳에 위치한 모서리가 떨어져나간 허름한 탁자를 사이에 두고 걸왕과 마현, 그리고 궁개가 함께 자리했다.

 "강력한 화기에 잿더미로 변한 맹주실에서 맹주의 변사체가 발견되었다고 합니다."

 "하지만 그걸 마현의 짓으로 몰아가기에는 너무 가볍지 않나?"

 "맹주의 시신 근처에서 몇 구의 강시들이 발견되었습니다."

 궁개는 무림맹에서 있었던 상황을 보고하면서 마현의 눈치를 살짝 살폈다.

 "귀림의 것이겠군. 그럼 율기 짓인가?"

 마현은 율기를 놓친 것이 못내 아쉬웠던지 입맛을 살짝 다셨다.

 "강시라……. 그래서 현 무림맹의 상황은 어떤가?"

 "분위기가 그다지 좋지 않습니다. 특히 자신들의 주군을 잃은 검림의 분노가 대단합니다. 아울러 임시적으로 신기수사 제갈 총사가 무림맹주 직을 대리하고 있으며, 검림은 노골적으로 제갈 총사를 지지하고 있습니다."

 "제갈묘라……."

 걸왕의 목소리에는 고심이 묻어나왔다.

 "문제는 그게 다가 아니라는 것입니다, 태상방주님."

 "그럼 또 다른 문제가 있다는 것이냐?"

 "내부적으로 정마대전을 반대하던 문파들의 마음이 흔들리는 것 같습니다."

걸왕의 표정이 급격히 어두워졌다.

"다행히 방주님과 무당파 장문인께서 여전히 그들을 설득하고 있어 당장 그런 분위기가 밖으로 표출되지는 않고 있지만 조금만 일이 더 커진다면 무림맹은 제갈 총사를 중심으로 뭉칠 것으로 보입니다."

"결국 정마대전을 원하는 것인가?"

걸왕의 표정은 더 어두워졌다.

"일이 더 커진다고?"

마현의 눈매도 가늘어졌다. 그리고 갑자기 마현이 눈을 부릅뜨며 번쩍 고개를 들었다. 잊고 있었던 현도상인의 말이 떠오른 것이다.

"친우를 생각해 앞으로 이 무당파도 잘 부탁하네."

'무당파라……, 왜 하필 지금 그분의 말씀이 떠오른 것이지?'

갑작스럽게 떠오른 기억으로 인해 마현의 마음 한구석에 불안감이 생겨났다.

마현은 궁개를 쳐다보았다.

"현재 무당파 본산은 어떻습니까?"

"무슨 말씀이신지……."

마현의 물음에 걸왕도 현도상인의 말이 떠오른 모양이다.

그 역시 놀란 눈으로 마현을 쳐다보았다.

"혹시 네 녀석도 말코도사의 말을 떠올린 것이냐?"

걸왕의 질문에 마현은 묵묵히 고개를 끄덕였다.

"그놈의 말코도사 말이 이거였나?"

걸왕의 목소리도 불안에 살짝 떨리고 있었다.

무슨 말인지 모르지만 궁개는 무당파에 대해서 아는 것을 이야기했다.

"현재 무당파는 장문인인 청하진인의 사제 무당제일검 청명진인이 장문 직을 임시로 대리하고 있습니다. 그리고 정마대전을 위해 파견되었던 천여 명의 도인들 중 절반은 무당파로 돌아갔으며, 절반 정도만이 무림맹에 머물고 있습니다."

"그 말씀은 무당파의 힘의 절반이 밖으로 빠져나갔다는 뜻이겠군요?"

"절반이라고 하기에는 딱히 어렵습니다만 얼추 그 정도 될 것입니다. 하지만 다른 문파들도 그와 비슷한 상황입니다."

"내가 황사나 제갈묘라면 분명 무당파를 노릴 것이야."

걸왕의 목소리는 무겁게 가라앉아 있었다.

"저라도 그럴 것입니다. 정마대전을 반대하는 문파를 지우는 동시에 내부의 결속력을 더욱 강하게 만들 수 있으니 말입니다."

마현은 굳은 표정으로 자리에서 일어났다.

"나도 가지."

걸왕도 함께 자리에서 일어났다.

"궁개야. 무림맹에 파견된 방도들을 제외하고 최대한 방도들을 모아 무한 지부로 은밀히 집결시켜라. 그리고 지금의 내용을 은밀히 취개에게도 전하고."

"알겠습니다, 태상방주님."

자세한 상황은 알 수 없지만 궁개는 걸왕의 명을 받들었다. 궁개는 걸왕이 절대로 아무런 이유 없이 움직이는 이가 아니라는 사실을 너무나도 잘 알고 있었기 때문이다.

"궁 분타주."

마현은 재빨리 한 장의 서찰을 적어 궁개에게 넘겼다.

"사천의 마교 분타로 부탁하겠습니다."

"내 살아생전에 마교로 서찰을 보내게 될 줄은 몰랐습니다."

궁개는 마현이 전하는 서찰을 받아 들며 어색한 표정을 지어보였다. 하지만 그 부탁을 안 들어줄 수가 없기에 고이 품에 갈무리했다.

"그리하겠습니다, 소교주님."

"그럼……."

마현은 궁개에게 살짝 목례를 한 뒤 걸왕을 쳐다보았다.

*　　*　　*

이슬이 채 마르지 않은 이른 아침.

막 잠에서 깬 산새들이 산길의 고즈넉함을 깨우고 있었다. 무당파로 오르는 무당산 초입의 산길에 마현과 걸왕이 검은빛과 함께 흑풍대를 대동한 채 모습을 드러냈다.

하루씩의 격차를 두고 북경으로, 그리고 이곳 무당산으로 온 것이었다.

"대주, 그대는 흑풍대와 함께 무당파 주위에서 은신하고 있으라."

마현은 흑풍대가 혹여나 다른 이들의 이목에 띄어봐야 그리 좋을 것이 없다고 판단했다. 며칠이 될지도 모르는 험한 고생길임에도 불구하고 흑풍대는 조금의 망설임도 없이 마현의 명을 받아들였다.

"올리기시지요."

마현은 걸왕과 함께 무당산을 오르기 시작했다.

전에 학성을 보기 위해 한 번 들린 적이 있어서인지 무당파로 오르는 풍경은 전과 별반 차이가 없었다.

구불구불하던 산길이 조금 더 올라가자 곧아졌다.

이 길로 조금만 쭉 올라가면 무당파의 해검지가 눈에 들어올 것이다.

무당파에도 분명 무림맹과 관련된 세작이 있을 터. 지금 이 모습으로 올라간다면 문제가 생길 것이 뻔했다.

마현은 걸음을 멈추고 서클 단전에서 마력을 끌어올렸다. 북경에서 이곳으로 오는 바람에 서클 단전의 마력은 거의 동이 나있었다. 마현은 그 얼마 남지 않은 마력을 끝까지 끌어올렸다.

'그나마 흔한 것이 금발에 금안인가?'

모습을 변장하기에 가장 좋은 것은 트랜스포메이션(transformation) 마법을 통해 완전히 모습을 바꾸는 것이지만 그것은 현재 7서클인 마현이 시전할 수 없는 8서클의 마법이었다.

그래서 마현은 그 하위 개념의 마법을 선택했다.

"디스카이즈(Disguise)!"

마력이 바람이 되어 마현의 몸을 한바탕 휘감고 사라졌다.

바람의 마지막 한 줄기에서 벗어나 살랑 내려앉는 마현의 머리카락 색은 어느새 갈색이 약간 섞인 금발로 바뀌어 있었다. 또한 감았던 눈을 뜨는 마현의 눈동자도 금안으로 변해 있었다.

"역용술이 머리카락과 눈동자 색을 바꿀 수도 있었나?"

걸왕이 고개를 갸웃거렸다.

하지만 이내 걸왕은 역용술이 아니라는 것을 알아차렸다. 왜냐하면 역용술에서 가장 중요한 골격과 얼굴 모습이 전혀 바뀌지 않았기 때문이다.

하지만 머리카락과 눈동자 색깔을 바꾸는 것을 보면 분명 역용술의 일종임에 틀림없을 것이라 여겼다.

걸왕은 결국 이제껏 참아온 궁금증을 이기지 못했다.

"이참에 하나 물어보자."

"……?"

"네가 쓰는 마공이 염라서생 허 교주의 것은 분명 아니지?"

"마법(魔法)입니다. 굳이 말하자면 흑마법(黑魔法)."

"마법이라……, 떡 하니 마(魔)자가 들어가 있는 것을 보면 마공이 맞기는 맞는 모양이군. 너 허 교주 외에 다른 스승을 모신 게냐?"

"제게 스승님은 단 한 분뿐입니다."

마현의 눈동자에서 살기가 찰나 동안 번쩍였다가 사라졌다. 하지만 워낙 빠르게 피어올랐다가 사라진 터라 걸왕은 그런 살기를 알아차리지 못했다. 마현은 살기를 이내 희미한 웃음으로 덮었다.

의미를 알 수 없는 희미한 미소를 지으며 마현은 해검지를 향해 다시 발걸음을 옮겼다.

'마법이라……, 휴우.'

걸왕은 속으로 시름 어린 한숨을 푹 내쉬었다.

짧지 않은 시간 동안 함께한지라 그동안 정도 조금은 들었다. 또한 마현의 심성이 나쁘지 않다는 것도 안다. 결국 인간적으로는 마음에 드는 녀석이다.

하지만 하나의 목적을 위해 함께 움직이고 있는 지금은 모르지만 결국 그들은 서로 다른 길을 걸어야 한다. 자신은 정이고 마현은 마다.

특히 마현이 훗날 교주 자리에 오른다면……

정파 역사상 가장 어려운 적을 만나게 될 것이 분명했다.

마현이 마법이라고 한 마공은 상식을 완전히 벗어난 무공이었다.

괜스레 마음이 무거워졌다.

하지만 지금은 그런 것을 생각할 때가 아님을 알았기에 곧 복잡한 마음을 털어버리며 마현의 뒤를 따라 산길을 올라갔다. 걸왕과 함께 무당파에 들리니 별다른 기다림이나 수고 없이 둘은 청명진인이 기거하는 장문인실 앞으로 곧 안내받을 수가 있었다.

"누가 왔다고?"

"걸왕께서 웬 도우 한 분과 함께 왕래하셨습니다."

걸왕과 마현을 안내한 무당파 도인이 굳게 닫혀 있는 장문인실 문을 향해 둘의 방문을 알렸다. 잠시 후 청명진인이 직접 문을 열고 밖으로 나왔다.

단순히 걸왕이 자신보다 한 배분 높아서가 아니다.

걸왕은 이미 타계하신 현도상인의 둘도 없는 친우인 까닭이었다.

"어르신, 오랜만입니다."

청명진인은 공손히 포권을 취하며 걸왕에게 인사를 올렸다.

"오랜만이긴 오랜만이지."

사실 걸왕은 현도상인이 죽은 후 한 번도 무당파를 찾아오지 않았었다.

"근데 함께 온 소협은……."

청명진인은 마현의 얼굴을 보고 말을 잇다가 멈췄다.

"현이?"

청명진인의 뒤로 장문인실에서 뒤늦게 나온 학성의 목소리가 흘러나왔다. 비록 머리색과 눈동자색이 달라졌다고는 하지만 학성은 마현을 알아본 것이다.

"오랜만에 뵙겠습니다, 어르신."

마현은 잔잔한 미소를 지으며 청명진인에게 포권을 취한 후 학성에게도 반가운 눈인사를 건넸다.

"그만 가보거라."

청명진인은 둘을 안내한 제자를 돌려보낸 후 몸을 틀었다.

"일단 안으로 드시지요."

걸왕과 마현은 청명진인의 안내를 받아 무당파 장문인실로 들어갔다. 그리고는 학성을 포함한 넷은 이내 원탁에 둘러앉았다.

"어쩐 일로 본산에 어려운 발걸음을 하신 겁니까?"

청명진인은 걸왕이 마현과 함께 오자 단순히 놀러 온 것이 아니라는 사실을 알아차렸다. 그 질문에 걸왕은 현도상인이 죽기 전에 했던 말을 청명진인과 학성에게 들려주었다.

단순히 기우에 불과한 말일 수도 있지만 청명진인의 표정은 무거워졌다.

"흠……."

청명진인은 누구보다 현도상인을 잘 알고 있었다.

현도상인이 살아있을 적 천기를 꿰뚫어보는 그의 말 한 마디 한 마디는 결코 예사롭지 않았다. 당장 알아들을 수 없는 말이라도 무당파 내 그 누구도 허투로 듣지 않았다. 왜냐하면 시간이 흐른 후 돌이켜보면 단 한 번도 현도상인의 말이 틀렸던 적이 없었던 까닭이다.

그런 현도상인이 남긴 마지막 남긴 말이니 거기에는 이유가 있을 것이 분명했다.

"본파에 일급 경계령을……."

"아니야."

청명진인의 말에 걸왕이 고개를 저었다.

"위기 끝에 기회가 온다고 했습니다."

마현이었다.

청명진인이 눈빛으로 무언의 허락을 하자 마현은 자신의 의견을 피력하기 시작했다.

"그렇지 않기를 바라지만, 만약 무당파에 습격이 있다면 필시 황사의 제자들이 나설 것입니다."

"화, 황사?"

청명진인은 너무 놀라 눈을 부릅떴다.

워낙 마현과 걸왕이 빠르게 움직여 아직까지 이 일의 전모를 듣지 못한 듯 보였다. 그렇기에 마현은 자신의 의견을 잠시 미루고 황실에서 있었던 일을 차근차근 이야기해주었다.

"허어, 어찌······."

청명진인의 탄식에는 당황함이 묻어 있었다. 그만큼 경악한 탓이리라.

"그래도 황제 폐하가 아니라 다행이구나. 네가 수고했구나."

청명진인은 쉽게 표정을 풀지는 못했지만 그나마 안도의 한숨을 내쉴 수가 있었다.

"그렇기에 지금의 일이 아주 중요합니다. 만일 제 추측이 틀리지 않다면 이 습격을 이용해 지금의 이 모든 일이 황사의 암계라는 것을 온 천하에 알릴 수 있을 겁니다."

"그렇다 해도 답답하구나, 답답해. 우리는 훤히 들여다 보이는데 적은 실체조차 파악되지 않고 있으니······."

비록 이 흉계를 꾸민 자가 황사라는 것을 알아냈지만 드러난 건 검림뿐이었다. 귀림이 있었던 것처럼 분명 황사는 다른 패를 가지고 있을 것이 뻔했다.

"그렇기에 이 일이 더욱 중요합니다."

청명진인은 마현의 말에 공감을 했던지 고개를 끄덕였다.

"습격이 있기를 바라야 할지, 아니면 단순히 기우이기를 바라야 할지······, 무량수불."

청명진인은 눈을 감고 도호를 읊었다.

"일단 믿을 수 있는 제자들에게만 이 사실을 알리고 준비를 했으면 합니다."

"믿을 수 있는 제자들이라……."

"분명 무당파 내 분위기가 달라진다면 그들도 눈치를 챌 수 있을 거라 판단됩니다."

마현의 말에 일리가 있었다.

"학성아."

"예, 스승님."

청명진인은 옆에 앉아 있는 학성을 불렀다.

"태극제자들에게 은밀히 이 사실을 알려라."

태극제자들이란 무당파를 상징하는 태극이 새겨진 검, 태극검을 받은 제자들이었다.

"청명진인님. 죄송하지만 학성은 저와 함께해야 할 일이 있습니다."

"해야 할 일?"

"무당파 외부에 간단한 진법을 하나 설치하려 합니다."

마현은 무당파 외부에 알람 마법을 설치할 생각이었다.

"진법?"

"단순히 적의 침입을 알리는 진법입니다."

만약 적의 침입이 있다면 조금이라도 일찍 알아내는 것이 좋다.

"허락하마."

청명진인은 허락하면서도 쓰게 입맛을 다셨다.

무당파의 안위를 자신들이 아닌 남에게 일부 의지해야 한다는 사실이 그다지 유쾌한 상황이 아니었기 때문이었다. 그렇게 마현과 학성이 함께 장문인실을 빠져나갔고, 청명진인은 그 둘이 나간 방문을 잠시 쳐다보았다.

과거의 일들…….

마현의 신분 때문에 고심했던 일과 학성에 대한 걱정. 그때 마음을 더욱 복잡하게 만들었던 현도상인의 말들. 그러면서도 여전히 마현을 배척했던 행동과 생각들.

마현과 학성, 그 둘과 연관된 모든 기억들이 주마등처럼 빠르게 머리를 할퀴고 지나갔다.

"네놈도 꽤나 복잡한 눈빛을 하는구나."

설왕의 목소리에 청명진인은 시선을 거두며 어색한 웃음을 지어 보였다.

*   *   *

"어디부터 가볼까?"

학성이 물었다.

그간 잘 지냈느냐는 물음도 없었다.

학성은 마현을 보고 입가에 미소를 지었고, 마현도 따라 웃음을 머금었다. 그 웃음이면 족했다.

"글쎄……. 정문에서 시작해 정문에서 끝내는 게 좋지 않을까 싶은데."

마현도 학성처럼 안부를 묻지 않았다.

"그럴까?"

학성은 마현보다 반걸음쯤 앞서 길을 안내했다.

"앞으로 얼마나 많은 피를 더 흘려야 이 일이 끝날까?"

학성의 음성은 무거웠다.

"하지만……, 나는 지금 이 상황이 좋다."

마현의 화답에 학성이 발걸음을 멈췄다.

"적어도 너와 내가……."

"……?"

"서로의 목에 검을 겨누지 않아도 되니까."

"너무 차갑고 이기적이야, 그 말은."

"원래 나는 차갑고 이기적이야. 하지만 내 피는 따뜻해. 내가 사랑하는 이들의 피도 따뜻하다는 것도 알고. 단지 적의 피만 차가울 뿐이야."

마현은 차갑게 굳은 표정에 어울리지 않게 뜨거운 눈빛으로 말했다.

"무림이라는 곳은 어차피 피를 흘려야하는 곳. 그것을 완전히 막을 수 없다면, 이왕이면 함께 흘리는 것이 더 낫지 않을까 싶다. 적어도 너와 내가 살아있는 동안만이라도……."

마현이 몸을 돌려 학성의 눈을 직시했다.

한참이나 둘의 눈빛이 허공에서 부딪혔다.

"다른 사람의 피도 뜨겁다는 말 새겨둘게."
"그들의 피가 차갑다는 거 또한 새겨둘게."
그리고 둘은 소리 없이 웃었다.
그들은 약간의 의견 충돌 끝에 정문에 도달했다. 그리고는 정문을 나선 후 무당파 외벽을 따라 길을 걷기 시작했다. 누가 보면 산보를 즐기는 것처럼 보이지만 마현은 약 10여 장의 거리마다 나무나 바위, 혹은 외벽에 마나를 주입시키며 마법진을 새겨 넣었다.

* * *

중경 외곽에 위치한 단아한 장원.
날을 깨우는 닭울음소리도 아직 울리지 않은 이른 새벽, 두 그림자가 장원으로 들어섰다. 그들은 무림성에 있어야 할 제갈묘와 후동관이었다.
담담한 표정의 후동관과 달리 제갈묘는 잔뜩 긴장한 모습이었다.
"왔느냐?"
그런 둘을 구금상단의 금대치가 맞이했다.
"……금 장로?"
제갈묘는 금대치를 보자 놀란 기색을 얼굴에서 숨기지 못했다.

"오랜만입니다, 대사형."

"그래 오랜만이구나."

금대치는 후동관과 간단하게 인사를 나눈 후 제갈묘를 향해 은은한 미소를 지어 보였다.

"많이 놀라셨습니까? 본의 아니게 속여 죄송할 따름입니다."

"그, 그저 너무나 뜻밖이라 그런 것이니 개의치 않으셔도 됩니다."

제갈묘는 재빨리 입가에 미소를 만들며 아무렇지 않다는 듯 가볍게 손사래를 쳤다. 하지만 제갈묘는 너무 놀라 식은땀이 등줄기를 적시고 있었다.

지금 판세를 이끌어가는 모든 것들이 황사의 계략 속에서 움직이고 있었던 것이다. 심지어 자신까지 황사에게는 장기판의 말이었던 것이다.

"일단 안으로 드시지요."

"예."

이곳에 오기 전까지만 해도 긴장은 했어도 자신만만했었다. 제아무리 황사라고 해도 평범한 문인이라 여겼었다. 그가 원하는 것을 주고 자신이 원하는 것을 반드시 얻어낼 수 있을 거라 믿었다.

하지만 그런 생각은 터무니없는 오판이었다.

금대치를 따라 방 안으로 들어가려다 문지방에 한 다리를 걸친 채 제갈묘의 몸이 딱딱하게 굳었다. 방 안 중앙에는 사십대 중반으로 보이는 한 중년인이 앉아 있었던 것이다.

단순히 그가 먼저 와 앉아 있다고 해서 제갈묘의 몸이 굳어진 것은 아니었다. 그의 몸에서 풍겨 나오는 패도의 기운이 제갈묘의 몸을 자연스레 굳게 만든 것이다.

제갈묘의 뺨을 타고 땀방울이 주르르 흘러내렸다. 등짝은 이미 땀으로 축축해진 지 오래였다.

제갈묘는 힘겹게 눈동자만 굴려 방 안을 살폈다.

방 안에는 그 중년인 혼자뿐이었다.

'꿀꺽!'

제갈묘의 목울대가 마른침이 넘어가며 출렁거렸다.

지금 제갈묘가 보고 있는 중년인, 그자가 바로 황사였다.

제갈묘는 다시 한 번 나락으로 떨어지는 것처럼 자신의 판단이 그저 터무니없는 오판 정도가 아니라 엄청난 착각이었다는 사실을 깨달은 것이다.

단순히 기세만으로 정확한 무위를 판단할 수는 없지만, 자신은 백초지척에도 미치지 못할 것이라 여겼다.

"어서 오시게."

제갈묘는 무형의 힘에 이끌려 중년인 앞으로 끌려가 무릎을 꿇고 앉았다.

"천무왕이라 부르지 못해 미안할 따름이네."

비록 송겸이 황사의 지위를 잃었지만 그를 따르는 이들의 힘은 여전히 막강했다. 그렇기에 얼마 전 떨어졌던 황명이 아직까지 천하로 퍼지지 못한 것이다.

"아, 아닙니다."

제갈묘는 고개를 푹 숙이며 대답했다.

"내 맹주를 부른 것은 일을 마무리 짓기 전에 얼굴이나 한 번 보자는 뜻이니 그리 부담을 가질 것 없네."

담담하고 나근나근한 목소리였지만 제갈묘는 더욱 깊게 머리를 숙였다.

"맹주, 본인이 알기에 제갈세가의 무력은 오파일방과 육대세가 중 가장 약한 것으로 알고 있네. 맞는가?"

"그렇습니다."

평소의 제갈묘라면 결코 그렇지 않다고 했겠지만 순순히 그 사실을 인정했다.

송겸은 몸만이 아니라 마음까지 완전히 굴복한 제갈묘를 내려다보며 흐뭇한 미소를 지었다. 그리고 수염을 쓰다듬으며 말했다.

"그래서 이 늙은이가 맹주에게 선물을 주려 하오."

"……?"

제갈묘는 송겸의 말에 고개를 번쩍 들었다.

그러나 이내 송겸의 눈빛을 대하자 황급히 고개를 숙였다.

"무례를 저질렀습니다."

"껄껄껄."

송겸은 너털웃음을 터트리며 금대치를 불렀다.
"대치야."
"예, 스승님."
"금의군의 수가 얼마나 되느냐?"
고개를 바싹 숙인 제갈묘는 송겸과 금대치의 이야기에 귀를 쫑긋 세웠다.
"아마도 내일 정오쯤이면 오천의 금의군이 중경으로 들어설 것입니다.
"오천이라……. 어떻소, 맹주?"
"무슨 말씀이시온지……."
"금의군 출신의 오천의 낙향(落鄕)하는 군사들이면 제갈세가도 단숨에 천하제일의 무가로 거듭날 수 있을 거라 보네만. 오갈 데 없는 낙향 무관들을 제갈세가에서 거둬줬으면 하네."
제갈묘의 얼굴이 다시 번쩍 쳐들렸다.
말이 좋아 낙향하는 금의군이지, 그들의 전력은 결코 만만치 않을 것이다.
실재로는 송겸의 뜻에 따라 관직을 내놓고 중경으로 오고 있는 것이 틀림없었다. 일반 군부의 병사들이라면 몰라도 금의군 출신의 무장들이라면 말이 틀려진다. 그리고 그 수가 오천이라면 어지간한 대문파도 무섭지 않을 것이다.
하지만 제갈묘는 망설였다.
그들로 인해 제갈세가뿐만 아니라 자신의 힘도 급격히 상승

하겠지만 그들은 세가와 자신에게 충성하는 이들이 아니었다. 언제라도 황사의 뜻에 따라 자신의 목도 칠 수 있는 자들이었던 것이다.

제갈묘의 망설임을 눈치챈 송겸의 눈매가 가늘어졌다.

"무얼 걱정하시는가? 그대가 내 배에서 먼저 내리지 않는 이상 아무 문제가 없거늘……."

푸하악!

송겸의 몸에서 항거할 수 없는 기운이 폭사되었다.

"크윽!"

그 힘에 눌린 제갈묘는 미약한 신음을 흘렸다.

파리해진 얼굴로 입술을 파르르 떨었다.

"그, 그리하겠습니다."

제갈묘가 송겸의 뜻을 받아들이자 그 기운은 거짓말처럼 사라졌다.

"나의 뜻만 잘 받들어준다면 그대가 원하는 것은 반드시 주겠네."

"며, 명을 받잡겠습니다."

제갈묘는 거칠어진 숨조차 제대로 고르지 못하고 대답해야 했다.

"오늘 밤, 무당파가 무너지면 내일 무림맹은 맹주의 것이 될 것일세."

"……!"

"중경으로 오는 낙향한 금의군 외에 별도로 구성된 오천의 금의군이 무당파를 지울 것일세. 마교의 이름으로……."

바닥에 바싹 엎드려 있던 제갈묘의 눈동자가 부릅떠졌다.

'오, 오천?'

또 다른 오천이라고 했다.

그렇다면 금부에서 도합 일만의 금의군이 낙향한다는 소리다. 제갈묘는 이길 수밖에 없는 이 싸움에서 누구의 편을 들어야 할지는 이미 답이 나와 있음을 새삼 다시 깨달았다.

"황사에게 추, 충성을……."

"갈!"

제갈묘의 충성 서약에 송겸이 일갈을 터트렸다.

"그대가 충성해야 할 분은 본인이 아니라 황제 폐하다!"

송겸의 시퍼런 살기에 눌린 제갈묘는 다시 황제에게 충성하는 서약을 읊어야 했다.

*   *   *

"지금 무슨 소리를 하고 있는 건가?"

금군도독부 도독실(都督室)에서 조자경의 격노한 목소리가 터져 나왔다.

하지만 그 앞에 앉아 있는 남진무사 윤심배는 조자경의 물음에 대답할 수 없었다. 그의 물음에 대답해야 할 북진무사 송채모는 오늘 아침 사직서를 재출한 뒤 낙향한 뒤였다.

조자경은 제 분을 이기지 못하고 이를 빠드득 갈았다.

거진 삼분지 일이었다.

그 수가 무려 일만이었다.

황실 최고의 군사들이 삼 일 동안 스스로 관직을 벗어던지고 낙향한 것이다.

결코 우연일 리 없다.

특히 영관급 장수들의 절반 가까이가 낙향한 것이 문제였다. 전력의 급감은 둘째 치고 자칫했다가는 지휘의 혼란까지 초래할 수 있을 정도로 심각한 상황이었다.

"지금 어떻게 하고 있나?"

"임시적으로 순번 횟수를 늘려 임시변통하고 있지만 이것도 여의치 않습니다, 도독. 특히 대영반과 그 휘하 네 영반의 부재가 가장 큰 문제입니다."

"후우. 일단 어떻게든 한 달 정도만 버텨보게."

"그리해 보겠습니다."

"윤 남진무사. 당장 각 도독부 도독들과 병부 장 좌시랑……."

"전군도독부와 동군도독부, 그리고 장 좌시랑은 황사 쪽 사람들입니다."

"끄응!"

조자경은 윤심배의 말에 앓는 소리를 삼켜야 했다.

"병부 쪽에 황사 사람이 아닌 이가 누구지?"

"병부상서 이용 대인이 가장 확실할 것 같습니다."

"이용 병부상서 말인가?"

조자경은 모래라도 한 움큼 입에 문 듯 눈가에 주름을 만들었다. 병부상서와 조자경은 상당히 껄끄러운 사이였다. 그렇기에 병부의 좌시랑을 떠올린 것인데, 어쩔 수 없이 그를 만나야 할 것 같아 조자경은 얼굴을 찌푸렸다.

"어쩔 수 없지. 전군과 동군을 제외한 삼군 도독들과 병부상서에게 기별을 넣게. 내 한 번 보자고."

"그리하겠습니다."

조자경은 자리에서 일어났다.

"어디로 행차하실 생각이신지……"

"동창 지하 금옥으로 갈 생각이네."

"동창 지하 금옥이라면……, 조범 대영반을?"

"황사가 무슨 생각을 가지고 있는지 알아봐야겠어."

그 말에 윤심배도 함께 자리에서 일어났다.

"소인도 함께 가겠습니다."

각군 도독부와 병부상서에게 기별을 넣는 것이 당장 시급한 일이 아니었기에 조자경은 고개를 끄덕이며 그의 동행을 허락했다.

둘은 금군도독부를 나서 동창으로 향했다.

금군도독부와 멀다면 멀고 가깝다면 가까운, 하지만 한 번도 가깝다고 여기지 않던 동창으로 조자경은 윤심배와 함께 들어섰다.

경쟁보다는 서로를 견제하는 곳이였기에 조자경과 윤심배는 불편한 시선을 받으며 동창 내 깊숙한 곳에 위치한 지하 금옥으로 향했다.

"어쩐 일이신가요?"

지하 금옥으로 들어서는 입구에는 동창도독 박인태 환관이 먼저 와있었다. 그 짧은 시간 안에 자신들이 들어선 것을 보고받고 이곳으로 온 모양이었다.

"죄인 조범을 보러 왔소이다."

"그렇다면 저를 먼저 찾아오시지 않구요."

박인태가 살짝 웃으며 말했지만 분명 그건 경고였다.

"커흠, 후에 기별을 넣으려 했소이다."

비록 박인태가 마음에 들지 않지만 그렇다고 그를 무시할 수도 없는 노릇이었다. 조자경은 은근슬쩍 뒤로 물러나며 유들유들한 얼굴로 사과했다.

"듣자하니 금군도독부가 조금 어렵다지요? 정 뭐하면 이 박인태가 한 손 거들어 줄 수도 있습니다."

조자경은 애써 웃음을 지으며 박인태를 쳐다보았다.

"그렇게까지 어려울 정도는 아니외다."

조자경의 주먹은 꽉 말려 있었고, 그의 손은 소매 속에서 부들부들 떨리고 있었다.

"먼저 들어갈 것이오? 아니면 본인 먼저 들어가오리까?"

"이런! 결례를 저질렀군요."

박인태는 과장되게 놀란 척하더니 쑥스럽다는 듯 손가락으로 수염이 없는 턱을 긁었다. 그리고는 실눈으로 눈웃음을 치며 금옥 입구를 고개로 가리켰다.

"크흠!"

조자경은 그런 박인태의 표정과 목소리가 마음에 들지 않은지 거북한 헛기침으로 불쾌함을 드러내곤 박인태를 따라 금옥 안으로 들어갔다.

빛 한 점 없는 통로에서 의지할 것이라고는 통로를 따라 길게 드리워진 벽면에 드문드문 꽂혀 있는 횃불뿐이었다.

그 횃불에 의지해 통로를 걷는 조자경의 미간에 오만 가지 인상이 만들어졌다.

코끝을 콕콕 찌르는 퀴퀴한 냄새가 가뜩이나 불편한 심사를 자꾸 건드렸기 때문이다. 누가 역겨운 환관이 아니랄까봐 종종걸음을 내딛고 있는 박인태의 뒷모습을 쳐다보며 더욱 얼굴을 찌푸렸다.

확실히 도창도독인 박인태와 함께 들어와서인지 그들이 발걸음을 멈추기도 전에 통로 곳곳에 설치된 철창문이 알아서 척척 열렸다.

하지만 그렇게 한 번도 멈추지 않았던 그들의 발걸음도 거대한 철문 앞에서는 멈춰야 했다.

"아무리 수장인 저라도 이곳에서 만큼은 신분 확인이 필요합니다."

박인태는 고개를 돌려 환관 특유의 가는 웃음을 보인 후 철문을 몇 번 두들겼다. 그러자 철문 중앙에 자그만 구멍이 열렸다.

박인태는 품에서 동창도독을 상징하는 옥패를 그 구멍으로 집어넣었다. 그리고 얼마 후 얼굴 높이 부분에 또 하나의 구멍이 열렸다. 그 구멍 안에서 사람의 눈동자가 박인태와 그 뒤에 서 있는 조자경과 윤심배를 살폈다.

철컹!

그런 후에야 굳게 닫혔던 문이 열렸다.

문이 열리자 안에 있던 공기가 통로 쪽으로 밀려나왔다.

"큭!"

조자경이 헛구역질을 참아야 할 정도로 퀴퀴한 냄새가 더욱 짙어졌다. 질퍽한 물냄새와 더불어 살이 썩어가는 냄새가 문너머로 흘러나온 것이다.

박인태도 그 냄새가 역겨웠는지 풍성한 소매로 코를 막으며 조자경과 윤심배를 쳐다보았다.

들어가자는 몸짓이었다.

조자경과 윤심배도 소매로 코를 막으며 안으로 들어갔다.

아니나 다를까. 벽면과 천장에 물기가 질펀했고, 통로를 중심으로 좌우로 늘어진 감옥 안은 물에 잠겨 있었다.

말로만 듣던 동창 감옥 중 가장 지독하다고 알려진 수옥이었다.

조자경은 박인태를 따라 가장 깊숙한 곳에 위치한 철장 앞으로 향했다. 그곳에 조범이 투옥되어 있었다.

"흐음."

조자경은 저도 모르게 미약한 신음을 내뱉었다.

수옥에 갇힌 조범은 완전히 폐인이 되어 있었다.

건장하던 풍채는 온데간데없이 사라지고 빼빼마른 이가 쇠사슬에 포박되어 있었다. 그뿐만 아니라 몸 곳곳에서 살점들이 썩어 들어가고 있었다.

그런 와중에도 조범은 가부좌를 튼 상태로 꼿꼿하게 앉아 있었다.

눈을 감고 있던 그가 인기척을 느낀 것인지 눈을 떴다.

눈빛만은 살아 번뜩이고 있었다.

그런 조범과 눈이 마주치자 조자경은 저도 모르게 마른침을 꿀꺽 삼켰다. 하지만 오랜 연륜을 지닌 조자경이었다. 비록 조범이 섬뜩한 눈빛을 하고 있다고는 하지만 이곳에 온 이상 원하는 것을 반드시 얻어야 했다.

"조범, 황사가 도대체 무슨 짓을 꾸미는 것이냐!"

조자경의 차가운 질문에 조범은 그저 빙그레 웃음을 띠었다.

"도독께서 이 죄인을 찾아온 것을 보니 어지간히도 급하긴 급하셨던 모양입니다."

"목이 떨어져 봐야 정신을 차리겠느냐!"

조자경은 대노했다.

하지만 그런 협박이 조범에게는 안 통하는 모양이었다. 그는 오히려 편안한 미소를 지을 뿐이었다.

"내 비록 지금은 죄인이 되어 이 수옥에서 죽을 것이나……."

"무, 무슨 생각을 하고 있는 것이냐?"

조범의 목소리에서 심상치 않은 느낌을 받은 조자경은 당황하여 철장을 양손을 움켜잡으며 소리쳤다.

"어서 철장을 열어라, 어서!"

박인태도 소리를 질러 수옥을 담당하는 동창 위사를 불렀다.

"훗날 역사는 나를 이렇게 써줄 것이다. 만년의 역사 속에 살아 숨 쉬는 명 제국의 기반을 다진 충신이었다고."

낮게 깔렸던 조범의 목소리가 커지자 갈라지고 쉰 바람이 섞였지만 그 기세는 범상치 않았다.

철컹 철컹.

조범은 힘겹게 자리에서 일어났다.

"대명제국 만세, 만세, 만만세! 황제 폐하, 만세, 만세, 만만세!"

조범은 그 자리에서 경건하게 네 번 절을 올렸다.

그 사이 위사가 허겁지겁 수옥 열쇠를 들고 뛰어왔다.

"어서 문을 열어라! 어서!"

박인태는 고래고래 소리를 질렀다.

하지만 조범의 행동이 더 빨랐다.

그는 쇠창살로 달려들었다.

쾅 쾅 쾅 쾅!

결국 조범은 스스로 머리를 으깨며 절명했다.

풍덩!

무릎 아래까지 물이 찬 수옥 바닥에 조범의 주검은 쓰러졌다.

"히익!"

조자경은 입술을 깨물었다.

설마 이렇게 참혹한 방식으로 자진할 줄은 몰랐던 것이다. 당황한 것은 박인태도 매한가지였다.

철컹!

그리고 수옥 철장이 열렸다.

위사와 박인태, 그리고 조자경이 재빠르게 뛰어 들어가 조범의 상태를 살폈다. 하지만 이미 본 바대로 그의 몸에서 온기가 빠르게 사라지고 있었다.

쾅!

조자경은 주먹으로 조범의 피가 묻은 쇠창살을 후려쳤다.

"황사, 도대체 네놈이 원하는 것이 무어라 말이냐?"

분노를 참지 못하는 조자경의 입술은 바르르 떨리고 있었다.

제4장
반전의 실마리

반전의 실마리

어두운 밤, 간간히 빛이 새어나오는 무당파를 조용히 지켜보던 율기가 고개를 하늘로 올렸다.

푸드득.

한 마리 전서응이 깊은 밤의 정적을 뚫고 율기의 어깨에 내려앉았다. 율기는 전서응이 가져다 준 전서를 펼쳐 읽어 내려갔다. 그런 그의 얼굴은 곧 딱딱하게 굳어졌다. 그의 뺨 위로 한 줄기 굵은 눈물이 주르르 흘러내려 자그만 전서 위에 뚝뚝 떨어졌다.

그로 인해 전서 위에 적힌 글자들이 눈물과 함께 번졌다.

"무, 무슨 일입니까? 율 선생님."

얼마 전까지만 해도 금군도독 소속이었던 금의군 천호장이 다가와 조심스럽게 물었다.

"조 사제가 스스로 목숨을 끊었다고 합니다."

"대, 대영반께서요?"

천호장은 너무 놀라 그만 크게 소리쳤다.

"어, 어찌……."

천호장은 슬픈 얼굴을 하고 양손으로 머리를 감쌌다.

율기는 전서를 삼매진화로 태우며 비감이 가득한 얼굴로 밤하늘을 올려다보았다. 송겸의 성정과 충정을 미뤄 짐작하건데 절대로 동창 금옥을 습격해 조범을 빼오지 않을 것이라는 것을 율기는 알고 있었다. 아니 스승인 송겸도 조범이 스스로 자진할 것이라 이미 예견했을지도 모른다.

그것을 두고 피도 눈물도 없다고 남들이 탓할지는 몰라도 그들에게는 사제 간의 정보다 더 중요한 것이 있었다.

"조 사제는 나라와 황제 폐하를 위해 만세 삼창을 외치고 자결했다고 합니다."

"크윽!"

천호장의 울분을 삼키며 내뱉는 신음에 율기의 눈빛이 매서워졌다.

"죽어서도 사제가 원한 것을 이루겠습니다. 오늘밤 무당파를 이 땅에서 지우세요!"

"명!"

율기 옆에 서 있던 천호장이 눈물을 닦으며 힘 있게 복명했다. 그리고 좀 전보다 더욱 짙은 살기를 품은 오천 명이, 과거 금의군 소속이었지만 이제는 진유림의 검사들이 된 이들이 눈을 번뜩이며 무당파 담장을 넘었다.

* * *

 띠딩—!
 맑은 종소리가 고요한 장문인실 안에서 울려 퍼졌다.
 청명진인과 학성, 그리고 걸왕의 시선이 마현에게로 쏠렸다. 마현은 묵묵히 고개를 끄덕였다.
 "다녀오겠습니다."
 학성이 그 즉시 자리에서 일어나 재빨리 밖으로 뛰어나갔다.
 청명진인은 자리에서 일어나 벽에 걸린 자신의 애검을 집어 들었다.
 마현과 걸왕, 그리고 청명진인이 함께 장문인실을 빠져나와 전각 지붕으로 올라섰다. 전부라고는 할 수 없지만 무당파 내원 대부분이 한눈에 들어왔다.
 띠딩—!
 그때 다시 한 번 종소리가 들렸고, 흐릿하지만 내원 담장을 넘는 그림자들이 눈에 들어왔다.

마현은 청명진인과 걸왕을 향해 고개를 한 번 끄덕인 후 파이어 버스트를 만들어 하늘로 날려 올렸다.

슈우웅—, 퍼벙!

하늘로 올라간 불덩이는 마치 폭죽처럼 폭발했다.

파이어 버스트가 폭발하자 청명진인과 걸왕이 동시에 눈을 질끈 감았다.

그때를 맞춰 마현의 손에서 수십 개의 빛 무리가 만들어져 어둠을 가르며 사방으로 날아갔다.

"플래쉬 익스플로우젼(Flash explosion)!"

퍼벙, 퍼버버버벙!

빛 무리는 엄청난 섬광을 토해내며 일제히 폭발했다. 마치 태양 수십 개가 한꺼번에 폭발한 것처럼 한순간 무당파 내원은 낮보다 더 밝아졌다가 어두워졌다.

"크악!"

"으악, 내 눈! 내 눈!"

갑작스럽게 일어난 엄청난 빛의 폭발에 내원으로 잠입하던 진유림 검사들은 하나같이 손으로 눈을 가리며 괴로워했다.

그때 마현은 품에서 스무 장 가량의 종이 다발을 꺼내 들고는 한꺼번에 찢었다.

그건 라이트 마법이 담긴 스크롤이었다.

스크롤이 찢어지자 이십여 개의 빛 무리가 허공으로 떠오르더니 내원 곳곳으로 흩어졌다.

그로 인해 무당파 내원은 대낮처럼 환하게 밝혀졌다.

"무당파 제자들은 암습한 자들을 제압하라!"

청명진인이 검을 뽑아들며 소리치자, 내원과 외원 곳곳에 은신하고 있던 무당파 제자들 중 태극제자들이 일제히 모습을 드러냈다.

그리고는 가차 없이 진유림 검사들 사이로 뛰어 들어갔다.

그런 태극제자들은 한점의 망설임 없이 진유림 검사들을 베었다.

"으아악!"

내원이 순식간에 비명과 피로 얼룩지기 시작하자 청명진인은 마현의 어깨를 한 번 짚은 뒤 전각 지붕에서 뛰어냈다.

"후우, 후우……."

거친 숨결을 토해내는 마현의 곁으로 걸왕이 다가왔다.

혈전이 벌어지고 있는 전장도 전장이지만 지친 마현이 숨을 돌릴 수 있도록 호법을 서주는 것 또한 중요하다고 판단한 것이다.

플래쉬 익스플로우젼 마법, 즉 섬광탄 마법이 비교적 저서클 마법이었지만 그건 어디까지나 단발로 사용할 때의 말이다. 마현은 짧은 시간 동안 백여 발이 조금 못 미치는 수십 발의 섬광탄 마법을 시전한 것이다.

제아무리 7서클의 마현이라고 해도 상당히 무리가 따랐다.

"호법 서주랴?"

걸왕의 말에 마현은 고개를 저었다.

"그 정도는 아닙니다."

마현은 숨을 고르며 내력을 일주천시켜 일단 서클 단전을 어루만졌다. 그로 인해 마현의 숨은 다시 평온했고, 지쳤던 몸도 어느 정도 회복되었다.

무당파 제자들이 일방적으로 진유림 검사들을 몰아붙이는 것도 오래가지 못했다.

무당파 제자들은 짧다면 짧고 길다면 긴, 반 각의 시간 동안 제법 많은 진유림 검사들을 제압했지만, 무당파를 공격한 진유림 검사들의 수가 워낙 많다 보니 전세를 장악할 만큼 그다지 큰 충격을 주지는 못한 것이다.

시간이 흘러 안정을 찾은 진유림 검사들은 그런 압도적인 수를 이용해 단숨에 싸움의 반전을 꾀했다.

그렇게 되자 무당파 제자 한 명에 진유림 검사들이 평균 네다섯 명, 심지어는 열 명 정도가 달라붙었다.

전세는 순식간에 혼전으로 변해갔다.

그럼에도 불구하고 아직까지 내원 담장을 넘지 못한 진유림 검사들이 상당수 있을 정도였다.

서걱!

청명진인은 달려드는 진유림 검사 한 명을 양단하며 주위를 둘러보았다. 수적 열세로 인해 무당파 제자들이 급격히 몰리고 있었다. 그로 인해 하나둘씩 피를 뿌리며 쓰러지는 제자들의 모습이 눈에 들어왔다.

베어도, 베어도 끝이 보이지 않았다.

시간이 흐르면 흐를수록 지치는 것은 무당파 제자들이었다. 결국 이대로 시간이 조금만 흐른다면 무당파는 역사상 최악의 치욕을 맛볼지도 모른다.

'그런 일은 결코 용납하지 않을 것이다!'

청명진인의 눈에서 독기가 어렸다.

그리고는 더욱 난폭하게 진유림 검사들 사이를 종횡무진했다. 그러자 청명진인의 단정한 청록색 도복도 점차 붉게 변해 갔다. 그뿐만 아니라 속발(束髮; 상투머리)을 고정시키는 푸른 옥비녀는 보이지도 않았고, 머리카락은 봉두난발이 되어 흩날리고 있었다.

'한 명이라도 더 베어야 무당파 제자가 산다.'

청명진인은 그만큼 처절하게 싸우고 있었던 것이다.

마현은 전각에서 모습을 숨긴 채 전장을 내려다보고 있었다.

당장이라도 전장으로 뛰어 나가고 싶었다. 하지만 참고 또 참았다.

아직까지 이 무리를 이끄는 자가 모습을 드러내지 않았다.

분명 황사가 직접 오지는 않을 것이다.

하지만 그의 제자나 주요 인물이 올 것임에는 틀림없었다.

'율기냐? 아니면 금대치냐?'

사실 마현은 속으로 율기를 찍고 있었다. 왜냐하면 금대치가 모습을 드러내기에는 그의 얼굴은 너무 많이 알려져 있기 때문이다.

간간히 '마교 만세, 마교 천하!'를 외치며 죽어나가는 적들을 보며 마현은 그런 심증을 더욱 굳혀갔다.

그렇기에 마현도 모습을 숨겼고, 이미 무당파 인근에 도착해있는 흑풍대에게도 아무런 명을 내리지 않고 있었던 것이다.

"아직입니까?"

마현의 목소리는 답답했다.

그만큼 걸왕의 표정도 답답하기는 매한가지.

그때 초조하게 무당파 외부를 지켜보던 걸왕의 눈썹이 꿈틀거리며 역팔자로 휘어졌다. 분명 화가 난 것이 틀림없지만 입술은 웃고 있었다.

걸왕의 눈 끝, 무당파 외벽 쪽에서 개방 제자들이 우르르 달려오고 있었다.

"일단 급한 불은 끌 수 있겠구나!"

마현을 잠시 쳐다보던 걸왕이 전각 위로 모습을 드러냈다.

"여기 개방도 있다!"

걸왕은 목소리에 진기를 담아 소리치며 내원 전장으로 훌쩍 뛰어 내려갔다.

"와아아아아!"

걸왕의 창룡음을 들은 것인지 개방도들 역시 함성을 질렀다.

무당파 제자들은 내원을 중심으로 뭉쳐있고, 그런 그들을 포위하듯 진유림의 검사들은 공격하고 있었다. 그처럼 조금은 단조롭게 공방을 치르던 전장이 개방도의 등장으로 어지럽게 변했다.

천여 명에 이르는 개방도의 등장으로 잠시 숨통이 트인 것은 사실이지만 여전히 전장의 승기는 진유림 쪽으로 쏠려 있었다. 그만큼 진유림 검사들 개개인의 무위도 높았지만, 그보다 압도적인 수가 더 크게 작용했기 때문이다.

"이제 슬슬 시작할 때가 되었군."

전장이지만 전혀 칼부림이 없는 곳에 율기는 서 있었다. 그 이유는 오백여 명의 검사들이 그를 철통같이 에워싸며 지키고 있었기 때문이다. 그리고 그들은 적극적으로 싸움에 참가하지 않았기에 달려드는 적도 없었던 것이다.

"준비하오리까?"

마치 보좌관처럼 율기 옆자리를 떠나지 않던 천호장 출신 사내가 물었다.

"때가 무르익었으니 터트려야겠지요."

"이미 준비는 끝마쳐놓았습니다."

"모두들 회액(回液)은 몸에 발라놓았겠지요?"

"여부가 있겠습니까. 혹시나 피가 묻어 냄새가 지워질까 싶어 회액으로 목욕까지 시켜놓았습니다."

회액은 몇 가지 기름과 약초를 이용해 만든 무향의 기름이었고, 동시에 강시들을 제조하는데 가장 기초가 되는 재료이기도 했다.

다른 이들에게는 그저 무향의 기름일 뿐이지만 강시들에게는 아니었다. 그들을 제조할 때 회액을 이용했기에 사람들이 그 기름을 몸에 바르면 강시들은 본능적으로 아군이라고 여기고 공격하지 않는 것이다.

이들이 미리 회액을 바른 데에는 다 이유가 있었다.

율기가 데려온 진유림의 검사들 중에는 강시를 부리는 이가 한 명도 없었던 것이다. 그리고 이곳으로 가져온 오백 구의 강시도 그들이 가지고 있던 마지막 강시들이었다. 그런데도 율기가 강시를 부리는 강시술사를 한 명도 데려오지 않은 이유는 이곳에서 강시들을 모두 소모할 생각이었던 것이다.

강시술사가 없는 강시들.

그것은 무자비한 맹수를 풀어놓는 것이나 매한가지일 터.

지독한 공포를 심어준 뒤 저들은 다시 주검으로 돌아갈 것이다. 그 공포에 대한 위기감과 원한은 고스란히 마교에게로 향하게 될 것이다.

"강시들을 깨우세요!"

율기의 명은 작지만 넓게 퍼졌다.

강시를 등에 메고 있던 검사들이 광목으로 칭칭 동여맨 강시들을 땅에 풀었다.

 아직은 잠들어 있는 묵혈강시들.

 어지간한 중소문파는 너끈히 멸문시키고도 남을 위력을 가진 귀물들이었다.

 이제 그런 귀물을 깨울 것이다.

 율기는 품에서 작은 종을 꺼내들었다.

 '시작하리라, 온전히 천하를 황제 폐하에게 바치는 그 전초……'

 율기는 종을 치려다가 몸이 굳어졌다.

 그런 그의 눈 끝에는 마현이 서 있었다.

*   *   *

"이런!"

 등잔 밑이 어둡다고 했던가?

 마현은 줄곧 전장 밖에서 적의 수장을 찾았었다. 그런데 전장 한구석에 율기가 있었던 것이다. 마현은 몸을 일으키려다 말고 그를 보호하는 이들이 하나같이 커다란 짐짝을 두르고 있다는 것을 알아차렸다.

 투시 마법으로 살펴보니 강시였다.

 흑풍대를 투입하고 흑사신과 암사령들을 소환하면 아슬아

슬하지만 전장의 기세는 균형을 잡게 될 거라 예상하고 있었는데, 아니었다.

율기에게는 불쌍한 말이지만 저들은 수고스럽게도 아군을 데려온 것이었다.

마현은 차가운 미소를 지으며 전각 지붕에서 몸을 일으켰다. 더 이상 몸을 숨기고 있을 이유가 사라진 것이다. 마현은 율기를 내려다보며 플라이 마법을 이용해 허공으로 몸을 날렸다.

'오늘은 반드시 네놈의 목을 칠 것이다! 하여 황사를 끌어낼 것이다!'

마현은 송겸을 떠올리며 살의를 일으켰다.

『흑풍대는 교전을 준비하라.』

『명!』

왕귀진의 복명 소리를 들으며 마현은 율기 위에 모습을 드러냈다. 차가운 시선을 느낀 것일까. 마침 율기도 고개를 들어 올렸다.

허공을 사이에 두고 두 사람의 눈이 마주쳤다.

마현은 차갑게 웃었다.

율기가 들고 있는 작은 종이 눈에 들어왔다. 모르긴 해도 그것은 분명 강시를 깨우는 도구일 것이 분명했다. 이상한 것이 있다면 그들을 조종하는 강시술사가 안 보인다는 것이다. 하지만 마현은 그 점에 그리 크게 신경을 쏟지 않았다.

어차피 흑사신들의 수중에 떨어질 테니까.

"어, 어떻게 네놈이 여기에!"

율기의 놀란 목소리가 들렸다.

마현은 시퍼런 웃음을 보이며 율기가 들고 있던 종으로 시선을 옮겼다. 그 눈빛에 율기는 흠칫하며 종을 뒤로 감췄다. 율기의 눈빛은 파르르 떨리고 있었다. 그런 율기의 관자놀이로 굵은 땀방울이 주르르 흘러내렸다.

율기는 마현의 손에 마교를 삼키려던 계책이 무너진 날의 기억을 떠올렸다. 근 이십여 년 동안 공들여 만든 강시를 하루아침에 빼앗겼던 그 기억을……

그런 사실을 너무나도 잘 알고 있었기에 오늘로서 강시를 폐기처분하려고 했던 것이다.

마지막으로 마교와 일전을 치르게 될 때 강시는 든든한 아군이 아닌 적이 될 테니까.

그렇기에 오늘의 일전을 대비하며 신중에 신중을 기했었다.

그런 율기가 가장 먼저 대비한 것이 바로 마현이었다.

그의 계산대로라면 분명 마현은 이곳에 있을 수 없었다. 왜냐하면 북경을 나서는 모든 성문과 이곳으로 올 수 있는 길목에 감시자들을 심어놓았다. 제아무리 천하제일고수라도 수천의 눈을 피해 북경을 빠져나올 수는 없을 것이다.

'패착이다! 위험했어도 북경에 머물고 있는지 확실히 알아봤어야 하는데……'

혹시나 마현이 경각심을 가질까봐 북경 안까지 감시자들을 심어 두지는 않았던 것이다.

하지만 그런 자책을 할 시간적 여유가 없었다.

"빨리 강시들을 부숴라! 어서! 어서 부수란 말이다!"

율기는 고래고래 악을 쓰듯 다급히 명을 내렸다.

그를 보호하며 강시들을 운반한 진유림 검사들은 율기의 목소리에 그저 멍하니 서 있을 뿐이었다. 그의 명을 이해하지 못한 것이다.

"강시를 부숴라! 명이다, 명이란 말이다! 어서 부숴!"

율기는 먼저 자신의 근처에 있던 강시 한 구의 목을 향해 장력을 내뿜었다.

콰직!

강력한 일장에 강시의 목이 꺾였다.

그제야 진유림 검사들은 정신을 차리고 자신들이 내려놓은 강시들을 향해 손을 들어올렸다.

하지만 그들보다 마현의 움직임이 더 빨랐다.

『흑사신!』

『크크크크!』

흑도를 비롯한 흑사신들의 기운이 느껴졌다.

푹 푹 푹 푹!

오백여 구의 강시들이 마치 늪 속으로 빨려 들어가듯 땅속으로 사라졌다.

펑! 콰광!

뒤늦게 진유림 검사들이 장력으로 땅을 내려치는 꼴이 되었다.

 그 모습에 율기는 입술을 깨물었다.

 너무 세게 깨물었는지 입술이 찢어지며 피가 터졌다.

 그런 율기의 눈에 마현의 입술 한 끝이 말려 올라가는 것이 보였다. 그 차가운 미소에 율기는 순간 망치로 뒤통수를 한 대 맞은 듯한 충격을 받았다.

 "사, 산개하라! 어서!"

 율기는 버럭 소리쳤다.

 명령은 빨랐지만 그에 응하는 진유림 검사들의 반응은 빠르지 못했다.

 "으헉!"

 그들이 밟고 서 있던 땅에서 검은 연기들이 스멀스멀 피어올랐다. 그 해괴한 현상에 진유림 검사들은 헛바람을 들이마셨다. 하지만 그건 공포의 시작일 뿐이었다.

 그 검은 연기 속에서 강시들의 손이 불쑥불쑥 튀어 올라와 진유림 검사들의 발목을 움켜잡았다.

 "으아아악!"

 누군가의 비명을 시작으로 곳곳에서 비명이 터져 나왔다. 그리고 붉은 피가 튀어 올랐다.

 —그르륵!

 —끄륵, 끄르르!

괴이한 음성이 흘러나오며 땅속에서 검은 그림자들이 불쑥불쑥 솟아올랐다. 그 모습에 진유림 검사들은 본능적으로 그들의 가슴에 검을 꽂았다.

하지만 아무도 쓰러지지 않았다.

오히려 검은 그림자들은 맨손으로 검을 잡더니 두 동강내며 자신들을 공격한 진유림 검사들을 향해 달려든 것이다.

"가, 강시들이…… 으아아아악!"

"크헉! 어, 어떻게? 부, 분명 회액의 향이……."

진유림 검사들은 도저히 믿을 수 없다는 듯 경악으로 물든 눈동자를 하고서 하나둘씩 죽어나갔다.

"산개하라! 산개하라!"

율기는 목이 쉬어라 소리치고 또 소리쳤다.

그제야 진유림 검사들은 정신을 차리고 재빨리 사방으로 흩어지려 했다. 하지만 어느새 그들을 가로막고 선 것들이 있었으니, 그것은 바로 온몸을 검은색으로 도배한 해골들이었다.

자신들이 가져온 강시들보다 더 기괴하고 흉물스러운 다크 스켈레톤들의 모습에 진유림 검사들은 혼비백산했다.

그들은 무림인들이 아니라 평생 전장과 군부에서 몸을 담아온 자들이었다. 그런 그들에게 있어 지금의 상황은 통재불능이었다. 무림인이라면 어느 정도 침착하게 안정을 찾으며 강시들을 상대했겠지만 진유림 검사들은 아니었다.

그러니 손발이 어지러워지고 꼬이는 것은 당연지사였다.

―꺄아아아아!

―캬캬캬캬캬!

흩어지려던 진유림 검사들을 에워싼 다크 스켈레톤들이 특유의 귀성을 터트렸다. 그런 귀성은 단숨에 무당파 내 전장을 뒤덮었다.

"헉!"

"헙!"

그러자 여기저기서 기겁성이 터져 나왔다.

그처럼 놀란 음성은 무당파 도인이나 개방도, 그리고 율기를 따라온 진유림 검사들을 가리지 않고 흘러나왔다.

어두컴컴한 밤.

기이한 불덩이가 내뿜는 빛.

그 아래 드러난 검은 해골들.

무당파 제자들이나 개방도는 사전에 듣고 숙지했음에도 기겁성을 터트릴 정도인데 그것을 모르는 진유림 검사들은 오죽하겠는가? 다들 얼마나 놀랐는지 그곳이 전장이라는 것도 잊고 검을 멈출 정도였다. 그만큼 다크 스켈레톤들의 등장은 가히 충격적이었다.

"갈!"

그때 걸왕의 창룡음이 터져 나왔다.

그 소리는 전각마저 뒤흔들며 먼지를 토해내게 만들 정도로 전장에 쩌렁쩌렁 울려 퍼졌다. 그제야 정신을 차린 개방도와 무당파 제자들은 다시 검을 들었다.

그들은 다시 처절한 피의 전장으로 돌아갔다.

『흑사신, 가능하면 죽이지 말고 제압하라!』

거의 불가능한 명이었지만 흑사신들은 마현의 명을 일단 받아들였다.

마현은 신형을 날려 무당파 제자와 개방도, 그리고 4천 5백의 진유림 검사들이 뒤엉켜 있는 전장으로 향했다. 처절하고 치열한 전장의 흙바닥은 이미 피로 물든 지 오래였다. 또한 무당파 내원과 외원을 구분하는 담벼락도 대부분 허물어져 있었다.

그만큼 주검들도 많았다.

『제자들을 모두 물려주십시오!』

"무당파 제자들은 방진을 짜라!"

"개방도는 원진으로 적들을 에워싸라!"

마현의 매직마우스에 청명진인과 걸왕은 발 빠르게 명을 내렸다. 그러자 무당파 제자들은 재빨리 내원 무당파 장문인실 앞으로 모여 방진을 짰고, 개방도들은 내원 밖으로 물러나 아직 허물어지지 않은 벽과 전각들을 이용해 진유림 검사들을 에워쌌다.

『암사령, 진유림 검사들의 주검을 거두라!』

이번에는 땅에서 푸른 연기가 스멀스멀 흘러나왔다.

그 연기를 본 진유림 검사들은 현재 다크 스켈레톤에게 둘러싸여 자신들이 가져온 강시들에게 공격당한 동료들처럼 될까 싶어 다들 검을 바닥으로 내렸다. 또다시 귀물들이 땅 속에서 올라올까 봐 지레 겁을 먹은 것이다.

하지만 그들의 판단은 오판이었다.

스르륵!

주위에 널려 있던, 분명히 죽은 동료들의 주검이 푸른 연기를 흡수하며 미약하게나마 꿈틀거렸다. 하지만 진유림 검사들은 오로지 땅에만 집중하고 있는 터라 그런 현상을 보지 못했다.

턱!

땅바닥을 주시하던 진유림 검사의 눈이 화등잔처럼 커졌다. 누군가 자신의 발목을 잡은 것이다. 진유림 검사는 길게 생각하지 않고 자신의 발목을 잡은 곳으로 검을 내리꽂았다.

푹!

검을 꽂은 후 상대를 찾으니 목이 반쯤 잘려나가 절명한 동료의 주검이 아닌가.

"젠장!"

진유림 검사는 검을 뽑으며 욕지거리를 내뱉었다. 우연히 주검의 손에 다리가 휘감긴 것이라 생각했다. 진유림 검사는 찜찜한 마음을 애써 털어내려는 듯 다리를 흔들어 자신의 발목을 잡고 있는 동료의 손을 뿌리쳤다.

하지만 주검의 손은 쉽게 발목에서 떨어지지 않았다.

목구멍으로 솟구치는 욕을 애써 삼키며 다시 한 번 다리를 털었다.

그때였다.

번쩍!

목이 반쯤 잘린 동료의 눈이 부릅떠진 것이다.

"흐억!"

목이 반쯤 잘려서 목이 돌아가지 않았던지 주검은 눈동자만 돌려 진유림 검사를 쳐다보는 것이 아닌가.

'분명 죽었는데!'

진유림 검사는 마른침을 꿀꺽 삼켰다.

그때 주검의 입이 벌어졌다.

—키키키키키!

귀성이 흘러나왔다.

그 소리에 진유림 검사의 눈동자가 파르르 떨리고, 이내 턱이 떨리며 이빨들이 마구 부딪혔다.

진유림 검사가 정신을 차리지 못할 때 주검이 자리에서 벌떡 일어나더니 그를 끌어안고 땅바닥으로 나뒹굴었다. 어느새 질퍽해진 피부와 그로 인해 느껴지는 악취……

그렇게 몸부림치던 진유림 검사는 조금 전까지 동료였던 주검의 쩍 벌어진 입을 보아야만 했다.

그리고 순식간에 찾아온 고통.

"으아아아악!"

진유림 검사는 목이 찢어져라 비명소리를 내뱉으며 몸을 바르르 떨었다. 잠시 후 진유림 검사의 몸이 축 처졌다.

 죽은 것이다.

 그렇게 죽은 진유림 검사가 얼마 후 다시 눈을 떴다.

 ─키키키키키!

 그리고 귀성을 터트리며 흐느적거리며 일어나 다른 동료를 향해 달려들었다.

 보는 이로 하여금 그 광경은 치를 떨게 할 만큼 끔찍했다.

 외부에서 지켜보던 개방도도, 안에서 방진을 구성한 채 바라보는 무당파 제자들도 보는 것만으로도 몸서리가 쳐지고 오한이 들 정도이니, 직접 당하는 진유림 검사들은 오죽하겠는가?

 그 주검들은 더욱이 조금 전까지만 해도 자신의 등을 맡겼던 동료가 아니던가? 몇몇은 차마 동료에게 검을 휘두르지 못하고 죽기도 했다.

 "모두들 정신 차리지 못할까? 귀물이다! 앞에 있는 것들은 동료가 아니라 그저 귀물일 따름이다!"

 몇몇 천호장 출신의 수뇌들이 전장을 누비며 호통을 치고, 심지어는 본보기로 몇 사람의 목을 치기도 했다. 군율이 엄한 군부 출신이라서 그럴까. 진유림 검사들은 어느새 독기를 내비치며 서서히 전열을 갖춰나갔다.

 제아무리 죽지 않는 구울들이라고는 하지만 그것도 어디까지나 제 형상을 가지고 있을 때의 말이다. 사방으로 날아드는 칼날에 몸이 걸레처럼 찢어지고 조각나는 일이 곳곳에서 일어나기 시작했다.

겨우 몇 백의 주검으로 구울을 만들어 근 사천이나 되는 적을 상대하게 하니 그런 것이다. 그나마 구울의 몸에서 풍겨나는 시독으로 인해 어렵게 균형을 유지시켜 나갈 뿐이었지만 그마저도 힘겨워 보였다.

가능하면 이들을 죽이지 말아야 한다.

그러려면 압도적인 힘으로 굴복시켜야 하는데, 적들의 수가 워낙 많다 보니 평수 맞추기에도 버거웠다.

물론 개방도와 무당파 제자들을 다시 합류시키면 이 균형을 깨트릴 수 있겠지만 더 이상 그들의 피를 보기는 싫었다.

고민하던 마현의 눈빛이 무섭도록 차가워졌다.

『이미 죽은 무당과 개방의 제자들도 일으켜 세우겠습니다. 죄가 된다면 후에 달게 받겠습니다!』

거의 일방적인 통보였다.

마현은 청명진인과 걸왕의 대답도 듣지 않은 채 암사령에게 명을 내렸다.

『그대들도 모습을 드러내고, 이곳에 있는 주검이란 주검은 모조리 깨우라! 최대한 전장을 혼란스럽게 만들어 적들의 의지를 꺾으라!』

『명!』

『명!』

쿠웅!

진유림 검사들이 모여 있는 무당파 내원, 전장에서 흡사 귀신의 인광과도 같은 녹색 빛을 머금은 불기둥이 치솟아 올랐다. 그리고 시커먼 몸에 녹색 불을 뒤집어쓴 암사령이 모습을 드러냈다.

그들은 귀성을 흘리며 무당파와 개방의 주검들도 모조리 깨웠다.

마현 역시 모든 망자들을 깨워 사방으로 쏟아냈다. 그리고 망자들에게 유형의 목소리를 줬다.

―으ㅎㅎㅎㅎ!

―이히히히히!

말 그대로 귀곡성이 전장을 가득 채웠다.

맑고 깨끗함을 유지하던 무당파의 정기가 밀려나고 그 자리를 무덤가나 폐가에서나 느껴질 법한 음침한 기운들이 채워나갔다.

그렇게 무당파 내는 절로 오한이 느껴질 정도로 음산해졌다.

마현은 서클 단전에서 마력을 최대한 끌어내 망자들의 귀곡성을 더욱 증폭시켰다. 그렇게 되자 망자들의 울음은 생자의 혼백을 건드리기에 충분했다.

또한 그 귀곡성은 다크 스켈레톤과 좀비, 그리고 구울에게 더욱 강한 힘으로 작용하자 전장의 분위기는 마현 쪽으로 급격히 기울어졌다.
 물론 부작용이 없었던 것은 아니다.
 망자들의 귀곡성은 무당파 제자들과 개방도들까지 적잖게 흔들어놓았다.
 무당파 제자들은 저마다 항마력이 담긴 도교 경전을 읊으며 귀곡성에 대항했고, 개방도는 더욱 거리를 두고 물러나 내력으로 심신을 보호했다.
 마현은 한 폭의 아수라 지옥도를 만든 후 율기가 있는 곳으로 시선을 돌렸다.
 흑사신 넷이 율기를 거세게 몰아치고 있는 모습이 눈에 들어왔다.
 진유림 검사들의 의지가 꺾이고 있었다.
 이제 율기만 죽으며 이 싸움은 끝난다.
 이들은 무림인이 아닌 군부 출신인 만큼 수장의 죽음은 곧 패배로 받아들이는 자들이었다.
 『흑창, 흑검. 후미에 공간을 만들어라!』
 마현의 명에 율기의 등 뒤에 있던 흑창과 흑검이 살짝 공간을 만들었다. 마현은 그곳으로 블링크를 이용해 순간이동했다.
 율기의 바로 등 뒤에서 모습을 드러낸 마현은 그의 뒷목을 향해 섬전과도 같이 일수를 내뻗었다. 허진의 독문마공으로 잘 알려진 마라독혈수공의 한 수였다.
 흑사 한 마리가 먹이를 재빨리 낚아채는 것처럼, 마현의 오른손이 괴이한 궤적을 만들며 율기의 뒷덜미를 움켜잡았다.

"크어억!"

오로지 흑사신과의 싸움에 모든 신경을 쏟고 있던 율기는 그 생각지도 못한 일격에 벼락이라도 맞은 것처럼 몸을 부르르 떨었다.

마현은 그런 율기의 등을 왼손으로 후려쳤다.

콰직!

"으아아악!"

마현은 단숨에 율기의 척추를 부쉬 버렸다.

고통에 비명을 지르는 율기의 목을 그대로 꺾었다.

"컥!"

그 단발마를 끝으로 율기의 몸은 아래로 축 처졌다.

절명한 것이다.

마현은 율기의 시신을 번쩍 들며 마력을 끌어올렸다.

"너희들의 적장이 죽었다!"

샤우트 마법이 깃든 함성이 사방으로 터져나갔다.

"유, 율 선생님!"

누군가의 입에서 율기를 올려다보며 경악성을 내뱉었다.

"항복하라! 항복하면 살려줄 것이나……, 그렇지 않다면!"

마현의 손을 타고 마력이 율기의 시신으로 스며들었다. 그러자 율기의 몸이 꿈틀거렸다. 얼굴은 급속도로 창백해졌고, 몸은 해골처럼 말라갔다.

그러더니 목이 꺾여 아래로 축 늘어져 있던 율기의 고개가 위로 치켜 올라갔다. 감겼던 눈도 부릅떠졌다. 그런 율기의 입이 찢어질 듯 벌어졌다.

―캬아악! 캬하아!

율기는 짐승처럼 울음을 토해냈다.

그리고는 날카로워진 손톱을 드러내며 허공을 마구 할퀴었다.

"반항하는 자들은 모조리 귀물로 만들어버리겠다!"

마현은 모든 이가 똑똑히 볼 수 있도록 근처에 떠 있는 라이트구를 끌어당겼다. 인위적으로 만들어진 밝은 빛 아래 흉측한 모습으로 발광하는 율기의 모습은 처참하기 이를 데 없었다.

그렇게 공포심이 서서히 밀려올라갈 때 그저 흐느끼던 귀곡성이 은밀한 속삭임으로 바뀌었다.

―살고 싶어.

―살려줘.

―난 저렇게 되고 싶지 않아…….

귀곡성에 홀린 진유림 검사들은 그게 망자들의 목소리인지 자신들의 목소리인지 인지하지 못했다.

"검을 든 자 죽을 것이요, 검을 버린 자 살 것이다!"

―꺄아아아아!

―캬하아아아!

그때 다크 스켈레톤과 좀비, 구울이 귀성을 터트리며 더욱 짙은 사기를 흩날렸다. 그들 중심에 좀비가 된 율기가 있음은 두말할 필요가 없었다.

『대주, 검 하나를 바닥에 떨어뜨려라!』

『명!』

왕귀진은 자신의 검을 바닥에 떨어뜨렸다.

챙그랑.

그러자 검사들 사이에서 검이 떨어지는 소리가 들렸고, 전염병처럼 진유림 검사들은 앞 다퉈 검을 바닥에 떨어뜨렸다.

"하, 항복하겠소. 그러니 나를 저런…… 휴, 흉측한 귀물로 만들지 말아주시오!"

"으허억!"

"사, 살려주십시오!"

최대한 담담하게 항복을 하는 자, 그저 바닥에 엎드려 벌벌 떠는 자, 울부짖으며 살려달라는 자.

어느 전장이든 다 그렇겠지만, 기세가 꺾이자 한순간에 싸움이 끝났다.

'휴우, 그래도 절반 정도는 살린 것인가?'

저들은 모조리 포박되어 북경으로 보내질 것이다.

그들을 살릴지 아니면 죽일지는 황제가 판단할 것이다.

"걸왕 선배님, 그리고 청명진인님. 뒤를 부탁드리겠습니다."

마현은 망자들을 불러들였다.

흑사신과 암사령은 좀비와 구울이 된 강시들을 다시 주검으로 돌려보내며 깊은 어둠으로 돌아갔다. 흑풍대 역시 다크 스켈레톤들을 불러들였다.
 그러자 언제 그랬냐는 듯 어둠에 휩싸인 무당파는 다시 은은한 도력으로 채워져 갔다.

진격

여명이 밝았다.

어둠에 가려져 있던 처참한 무당파 내 전경이 드러났다.

휘이잉—

시원해야 할 한 줄기 아침 바람이 역겨운 피비린내를 잔뜩 머금고 돌아다녔다. 누래야 할 흙바닥은 검붉었다.

"하아."

청명진인은 그런 광경에 깊은 한숨을 내쉬었다.

'그나마 다행인가?'

그 물음에 고소가 머금어졌다.

무엇이 다행이고, 무엇이 다행이 아닌 것인지 솔직히 갈피를 잡지 못했다.

이 싸움에 무당파 제자 무려 삼백여 명이 명을 달리했다. 그중 이백여 명이 실질적으로 무당파의 무력을 뒤받쳐주는 태극 제자들이었다. 그 점을 따진다면 절반 이상이 타격을 받은 것이고, 무당파의 전 전력으로 따지면 삼분지 일에 가까운 타격을 받은 것이다.

"스승님."

망연히 서 있는 청명진인 뒤로 학방이 다가왔다.

"일은 마무리가 되어 가느냐?"

"마무리가 되어가옵니다만……, 금의군 출신의 주검들은 어찌해야 할지 모르겠습니다."

"일단 본파 제자들과 개방도는 절차에 맞게 화장하거라."

"그리하겠습니다, 스승님."

예를 갖추고 돌아서는 학성을 청명진인이 다시 불러 세웠다.

"아직까지 현이를 친구로 생각하느냐?"

청명진인은 어젯밤 마현이 보여준 사술을 떠올렸다. 몸서리 칠 정도로 끔찍한 마공인 것이다. 특히나 아무런 의식과 술법도 없이 죽은 자를 강시로 깨우는 광경은 다시는 상상하기조차 싫을 정도로 끔찍한 것이었다.

"스승님이 무얼 걱정하시는지 모르는 바는 아니나……, 후에 일은 그때 결정할 생각입니다."

"그래."

청명진인이 담담히 고개를 끄덕이자 학성은 다시 한 번 예를 갖추고 자리를 떴다.

"하아."

청명진인은 한 번 더 깊은 한숨을 내쉬고는 장문인실로 들어갔다. 이미 걸왕과 마현이 자리하고 있었다.

어제의 승리로 분위기가 밝아야 하건만 오히려 무겁기 그지없었다. 그 이유는 개방 역시 생각보다 많은 피해를 입었기 때문이었다.

특히 개방도는 다른 문파에 비해 사실상 무력이 떨어진다.

그렇기에 이곳으로 온 일천의 개방도 중 살아남은 자는 오백이 채 되지 않는다.

"이 은혜는 반드시 갚겠습니다, 어르신."

"은혜는 무슨……, 대신 장례나 잘 치러주게."

걸왕에게서 질퍽한 술 냄새가 풍겼다.

"성의를 다해 진혼제를 올리겠습니다."

청명진인의 대답을 들은 걸왕은 손에 쥐고 있던 호로병을 입으로 가져갔다. 아마 독한 술로 속내를 달래고 있음이 틀림없었다.

"왜 저자의 시신을 가지고 온 것이냐?"

걸왕이 애써 감정을 죽인 채 퉁명스럽게 물었다.

"율기라는 자를 죽여 이 싸움을 쟁취한 것은 좋으나 아쉽군. 사로잡았다면 더 큰 것을 얻어낼 수 있었을 텐데."

청명진인의 목소리에는 많은 감정들이 담겨 있었다. 그가 죽어 한 명이라도 더 산 것이 고마웠지만, 율기가 죽어 더 이상 얻어낼 것이 없다는 것에 대한 아쉬움이 어지럽게 섞여 있었던 것이다.

"이자는 죽었지만 혼마저 사라진 것은 아닙니다."

"……?"

걸왕이 호로병을 입에서 떼며 마현을 쳐다보았다. 물론 청명진인도 약간 커진 눈동자를 만들었다.

"……초혼술?"

청명진인은 마현이 만들어낸 강시를 떠올리며 물었다.

마현은 고개를 끄덕이는 것으로 대답을 대신하며 자리에서 일어나 율기의 시신 앞으로 걸어갔다. 마현의 몸에서 피어나는 마기가 자연스레 율기의 시신으로 스며들었다.

우우우웅!

마기와 율기의 시신이 공명하자 옅은 파동이 만들어졌다.

"어둠의 기운의 주인, 나카칸의 이름으로 명하노라! 주검 곁에 맴도는 혼백이여, 일어나 어둠 앞에 경배하라! 소울 서먼즈!"

무형의 파장은 곧 유형으로 바뀌었다.

율기의 시신 위에서 뿌연 연기가 피어올랐다. 그 연기는 마기를 흡수하며 점차 사람의 형상으로 바뀌었다.

'헛!'

청명진인과 걸왕은 동시에 헛바람을 들이마셨다.

초혼술이라고 해서 도교 문헌에 남아 있는 구절처럼 접신이나 강신술 같은 것을 떠올렸는데, 설마 중천에 떠도는 혼백을 유형화할 줄은 몰랐던 것이다.

마치 사람에게서 색을 빼앗으면 저렇게 되지 않을까 하는 생각이 들 정도로 무채색 연기는 시신과 똑같은 형상을 하고 있었다. 하체로 내려가면서 형체가 흐트러지는 것만 빼고는 시신과 완전히 똑같았다.

'도대체 듣도 보도 못한 이 능력은 뭐란 말인가?'

더 놀랄 것이 없다고 자부하던 걸왕이 이럴 정도인데 청명진인은 오죽 하겠는가? 그는 너무 놀라 자신이 입을 벌리고 있다는 것마저 제대로 인지하지 못하는 듯 보였다.

─나는 죽었는데? 어떻게······.

율기의 혼백은 어리둥절한 모습으로 주위를 둘러보다가 마현을 보고는 온몸을 부르르 떨었다. 이내 그의 얼굴에 공포라는 감정이 자리 잡기 시작했다. 율기의 혼백은 결국 공포심을 이기지 못하고 도망치기 위해 벽으로 몸을 날렸다.

"죽었다고 내 손을 벗어날 수 있을 것 같나, 율기?"

마현은 냉소를 터트리며 소맷자락을 펄럭였다.

그러자 율기의 혼백과 같은 회색 유형의 연기 몇 줄기가 마현의 소맷자락에서 뿜어져나갔다. 바로 망자의 혼령들이었다.

마현의 수족이 된 망자들의 혼령은 그의 뜻에 따라 도망치는 율기의 몸을 붙들었다.

—이히히히!

—키키키키!

망자의 혼령들은 율기의 양 팔과 목, 그리고 허리를 끈질기게 잡고 늘어졌다.

—놔! 놔! 놓으란 말이다!

율기가 발악했지만 망자의 혼령들을 온전히 뿌리치지 못했다. 결국 율기의 혼령은 흉한 몰골로 마현 앞으로 질질 끌려왔다.

너무나도 괴기스러운 장면에 청명진인과 걸왕은 그저 마른침을 꿀꺽 삼키며 바라보고 있었다.

망자의 혼령들은 마현의 의지대로 율기를 마현의 발아래 강제로 무릎을 꿇렸다. 도망치기 위해 발악하던 율기도 결국 체념했는지 더 이상 몸부림치지는 않았지만 격노한 감정을 얼굴에서 숨기지는 않았다.

시퍼런 눈빛으로 자신을 노려보는 율기의 시선에 마현은 더욱 차가워진 냉소를 머금을 뿐이었다.

"선택은 두 가지."

마현은 율기의 혼백 앞으로 얼굴을 내밀었다.

"스스로 본인이 원하는 대답을 해주거나, 아니면 혼백이 지워지며 강제로 입을 열던가……."

마현은 율기의 혼백에게서 떨어지며 의자등받이에 등을 기대고 깍지를 꼈다.
―차라리 내 혼백을 지워라!
"지워져도 네놈의 입은 열린다!"
마현의 눈에 마력이 차오르며 검게 물들었다.
흰자위도 없어진 검은 눈에 율기는 몸을 바르르 떨었다.
―으으으! 으아아아아!

율기는 비명을 지르다가 허공으로 몸을 날렸다. 다시 도망치기 위함이었다. 하지만 다시 망자들의 혼령에 끌려 내려왔다.
"귀찮지만 어쩔 수 없군."
마현의 의지를 느낀 망자 하나가 율기의 머리를 강하게 움켜쥐었다. 그리고는 강제로 마현의 눈이 있는 곳으로 율기의 얼굴을 돌렸다.
―뭐, 뭐하는 짓이……, 컥!
마현의 눈과 마주치자 율기의 혼백은 벼락에라도 맞은 것처럼 몸을 부르르 떨었다. 그러기가 무섭게 그를 강제로 잡고 있던 망자들의 혼령이 주위로 흩어졌다.
마현의 눈에서 스멀스멀 피어오른 검디검은 마기가 율기의 눈으로 스며들었다.
―아, 안 돼! …….
발악하던 혼백의 신형이 물먹은 솜처럼 아래로 축 쳐졌다.
"고개를 들라!"

마현의 입에서 중원인들에겐 낯선 언어가 다시 흘러나왔다. 그의 목소리도 달라졌다.

율기는 마치 줄에 매달린 꼭두각시 인형처럼 고개를 들어올렸다.

"너희들이 원하는 것이 무어냐?"

─영원한 제국, 절대적인 황권 성립!

이미 알고 있었지만 이렇게 직접 들으니 마현은 절로 침음성을 삼켰다.

"그런데 왜 무림이지?"

─무림은 품에 안고 있는 양날의 검, 그렇기에 위험한 칼날은 버리고, 황제를 위한 칼날만 남기려는 것.

룬어인 마현의 언어를 이해하지 못했지만 율기의 대답으로 어떤 질문을 했는지 청명진인과 걸왕은 대충 이해했다.

"최종적으로 너희들이 원하는 것은?"

─끌어안을 수 있는 무림은 황제의 영원한 충성스런 군사로, 끌어안을 수 없는 무림은 말살!

'설마 했는데……'

마현의 얼굴이 굳어졌다.

동시에 청명진인과 걸왕의 얼굴도 굳어졌음은 두말할 필요도 없었다.

"모든 것을 말하라!"

─본조직의 이름은 진유림. 본조직은 백여 년 전 양호 태스승께서 황사 자리에 오르면서 시작된 대계. 그분의 유지가 사환 대스승

을 거쳐 현재 송겸 스승님께 이어졌음.

마현과 청명진인, 그리고 걸왕은 충격에 빠진 모습이었다.

이런 일이 자그마치 백여 년에 걸쳐 내려왔다고 하니 등골이 서늘해지고 소름이 쫙 돋은 것이다.

―현재 송겸 스승님께서 머무시는 곳은 중경, 진유림 소속으로 키워진 검사가 일천으로, 하나같이 최소 절정급 이상, 이들의 기반은 황궁보고의 영약과 황궁절대무공서로 키워짐. 그 외 오천의 금의군이 낙향을 이유로 사직, 중경으로 합류, 동시에 오군도독부 휘하 오천의 위사급 이상의 군사들도 곧 합류할 예정. 그에 필요한 자금은 대사형인 구금상단 금대치의 손에서 흘러나옴. 아울러…….

율기의 혼백은 장장 반각에 걸쳐 진유림에 대한 것을 줄줄 읊었다. 그 말이 계속될수록 마현을 비롯해 청명진인과 걸왕은 서늘한 오한에 몸부림쳐야 했다.

"허어, 구금상단마저……."

청명진인은 허탈한 웃음을 터트렸다.

말을 마친 율기의 혼백은 초점이 없는 눈으로 마현을 멍하니 쳐다보고 있었다. 마현이 강제로 율기의 혼백을 부숴 말문을 열게 만들었기 때문이다.

"이터널 레스트(Eternal rest)!"

회색빛 율기의 혼백에 검은 불이 붙었다. 그 검은 불은 순식간에 율기의 혼백을 먹어치우며 활활 타올랐다. 어차피 율기의 혼백은 상처를 입어 영원히 중천에서 떠돌 것이다.

그럴 바에야 혼백을 지워주는 것이 훨씬 나을 것이다.

그렇기에 마현은 영원한 안식을 주는 흑마법으로 율기의 혼백을 지운 것이다.

"무서운 자들이야."

걸왕의 말에 청명진인이 고개를 끄덕였다.

백여 년 동안 이런 암계를 이어온 것도 무서웠고, 쥐도 새도 모르게 중경에 들어서 있다는 것도 무서웠다.

"앞으로 어떻게 했으면 좋겠느냐?"

걸왕이 무거운 음성으로 물었다.

"일단 시선을 차단시킬 필요가 있을 듯 보입니다."

"어떻게?"

"이 일의 배후에 마교가 있음을 천하에 공표하는 것입니다. 여기 있는 율기의 시신이라면 충분히 납득할 것입니다."

"흠……."

"저들이 이 일이 성공했다고 믿게 만든다는 말이냐?"

걸왕은 깊은 생각에 빠졌고, 청명진인은 고개를 끄덕이며 정확한 의중을 물었다.

"그렇습니다. 뼈아픈 성공을 했다고 믿게 만드는 겁니다. 힘들겠지만 무당파에서 당분간 사로잡은 포로들을 관리를 해 주셨으면 합니다."

"외부적으로는 모조리 죽은 것으로 알리겠다는 뜻인가?"

"그렇습니다. 그래야 더욱 뼈아픈 성공이라 믿을 겁니다."

"그렇게 하마."

솔직히 버거운 일이기는 하지만 그렇다고 불가능한 일은 아니었다. 이미 그들을 억류하는 것과 동시에 일시적으로 무공을 폐해놓은 터라 그다지 큰 어려움은 없었기 때문이다.

"그런 후, 최대한 빠른 시일 안에 저들을 먼저 칠까 합니다."

"선공에 속전속결이라…… 나쁘지 않은 계략 같아 보이는구나."

걸왕이 오랜 침묵을 깨고 마현의 계략에 동의했다.

"무당파는 움직이기 어려울 테니 개방이 나서서 정파의 힘을 모아 무림맹, 정확히 말하자면 제갈세가와 검림 출신, 금의군 출신의 진유림을 맡아주셨으면 합니다."

"……?"

"황사와 그의 손에 살인병기로 길러진 일천의 병사들은 마교에서 맡겠습니다."

"속전속결의 일인데, 그게 가능하겠느냐?"

"문제없습니다."

걸왕은 마현이 개방총타주를 통해 마교로 보낸 서찰을 떠올렸다. 오늘 새벽에 있었던 무당파의 일를 제외하고는 상세한 상황이 전달되었을 터, 지금쯤 마교 내부에서도 어느 정도 상황 판단을 마쳤을 것이다.

"하지만 중경까지는 족히 한 달 이상……."

걸왕은 말을 하다 말고 멈췄다.

"제 힘이라면 하루면 중경으로 들어설 수 있습니다."

"네놈의 그 괴물 같은 요상한 마공이라면 가능하겠구나."

"아무리 그래도 저 역시 준비가 필요한 법입니다. 그래서 말인데……, 청명진인님."

마현은 걸왕에게서 시선을 떼고 청명진인에게로 눈을 돌렸다.

"말하거라."

"무당파에 만년한옥과 만년온옥이 있는지요?"

"많은 양은 아니지만…… 있다만?"

"그것을 제게 내어주실 수 있겠는지요?"

"내주마."

만년한옥과 만년온옥이 귀한 것임에는 틀림없지만 아주 구할 수 없는 물건도 아니기에 청명진인은 흔쾌히 허락했다.

"감사합니다."

만약 무당파에서 만년한옥과 만년온옥을 구하지 못한다면 워프게이트진을 만들기 위해 족히 일 주일 이상이 걸렸을 것이다.

왜냐하면 마교에 들렸다가 다시 중경으로 와야 하기 때문이었다. 하지만 무당파에서 만년한옥과 만년온옥을 구한다면 중경을 먼저 거쳐 워프게이트진을 구성한 후 바로 마교로 돌아갈 수 있었다.

"그렇다면 넉넉히 삼 일 정도면 마교의 병력을 중경으로 데려올 수 있을 것 같습니다."

"삼 일이라……. 상당히 까다로운 조건이군."

걸왕의 미간에 깊은 주름이 잡혔다. 하지만 걸왕은 수긍할 수밖에 없었다. 그 이상 날이 길어진다면 지금의 계책이 틀어질 위험이 커지기 때문이었다.

시간이 촉박하지만 어쩔 수 없었다.

"한시가 급하니 빨리 움직여야겠다."

"만년한옥과 온옥은 지금 내어주마."

걸왕의 말에 청명진인이 자리에서 일어나 장문인실을 빠져나갔다. 그리고 약 일 각 후 상당량의 만년한옥과 온옥을 가지고 돌아왔다.

"무당파에 있는 모든 만년한옥과 온옥이다."

많은 양을 기대하지 않았는데 생각 이상으로 제법 되는 양이었다. 이 정도의 양이면 족히 세 개 이상의 워프게이트진을 만들 수 있을 것이다.

마현은 워프게이트진 세 개를 만들 수 있는 양을 제외하고는 다시 청명진인에게로 돌려주며 걸왕과 함께 자리에서 일어났다.

"무당파는 오늘로 임시 봉문을 하고 마교가 침입한 것으로 무림맹에는 거짓 정보를 보내마."

"학성에게는 미처 인사를 전해지 못해 미안하다는 말을 전해 주십시오."

마현은 청명진인과 인사를 한 후 걸왕과 함께 무당파를 나섰다.

* * *

"흠……."
송겸은 바위처럼 무거운 신음을 애써 삼켰다. 그 뒤로 한참이나 무거운 침묵이 방 안을 가득 메웠다.

그런 그의 앞에 금대치와 후동관, 그리고 제갈묘가 앉아 있었다.

금대치는 그저 눈을 감고 침묵을 지키고 있었으며, 후동관은 그답지 않게 붉은 얼굴로 수염을 파르르 떨고 있었다. 제갈묘 역시 얼굴을 깊이 파묻고 있었다.

하지만 제갈묘의 입술은 순간순간 옆으로 찢어지려 하고 있었다.

'이럴 때 웃으면 안 되는데.'

제갈묘는 더욱 고개를 깊게 숙이며 웃음을 참기 위해 입술을 강하게 깨물었다.

하지만 자꾸 웃음이 입술을 비집고 나오려 했다.

오늘 오전이었다.

개방을 통해 전해온 무당파의 참사.

개방 제자를 구슬려 들은 바에 의하면 거의 봉문 직전까지

갈 뻔했다는 것이다. 생각 이상의 힘을 보여준 무당파의 저력이 한편 살 떨리게 하긴 했지만, 어차피 무당파는 반쯤 무너진 거나 마찬가지가 되어버렸다.

거기에 생각지도 못한 율기의 죽음과 오천여 명의 진유림 검사들의 죽음.

당장 그 힘이 사라진 것은 아쉽지만 먼 미래를 생각한다면 오히려 잘된 일. 앞에서 고개를 숙인 후 은밀히 힘을 키우면 송겸의 영향력에서 벗어날 날이 더 빨리 올 수도 있기 때문이었다.

제갈묘는 먼 미래의 일은 접어두고 우선은 당면한 문제에 골몰했다.

'지금쯤 각 문파의 장문인들과 가주들은 난리가 났겠지?'

지금 알려질 대로 알려진 이 일로 무림맹 소속 각 문파와 세가의 수장들은 상당한 경각심을 가졌을 터. 자신의 입김이 더해진다면 무림맹은 빠르게 자신을 중심으로 집결할 것이다.

무당파의 반대로 미뤄졌던 마교 정벌 또한 다시 행할 수 있을 것이다.

앞으로 얼마 동안 지금처럼 황사를 받들어야 하겠지만 까짓것 허리 몇 번 숙이면 그만일 것이다.

'그리고 마교 정벌에서 개방의 힘을 줄여야겠어. 이왕이면 걸왕도 제거하고······.'

제갈묘의 입가에 비릿한 웃음이 만들어졌다.

"대치야, 동관아."

송겸의 목소리에 제갈묘는 상념에서 깨어나 고개를 들었다.

"예, 스승님."

"하명하십시오."

"율기와 조범의 죽음으로 만들어낸 토대다. 하늘에서도 웃을 수 있게, 그리고 역사에 그 둘의 이름이 충신으로 남을 수 있게 만들어 주자구나."

송겸의 목소리에 금대치와 후동관이 다시 고개를 떨어뜨렸다.

"알겠습니다, 스승님."

"……"

송겸은 무겁게 고개를 끄덕인 후 제갈묘를 쳐다보았다.

"맹주."

"예, 황사."

"그대도 무림사에 남을 이름이 중요할 터. 마지막까지 최선을 다해 주시게."

"실망시켜 드리지 않겠습니다."

"열흘 후에 출정식을 가질 수 있게 준비하시게."

그리하지 말라고 해도 그리할 것이다.

제갈묘는 다시 터져 나오려는 웃음을 애써 참으며 고개를 끄덕였다.

"모두들 나가 보거라."

송겸은 손을 휘저어 축객령을 내렸다.

"휴우."

송겸은 활짝 열린 창문 너머로 하늘 꼭대기로 올라서는 해를 쳐다보았다. 햇살 때문에 눈가에는 주름이 잔뜩 그려졌다.

"크흠, 햇살이 따갑군."

눈부신 햇살을 한참이나 올려다본 것 때문인지 벌게진 눈에 눈물이 살짝 맺혔다. 송겸은 눈물을 손가락으로 찍으면서도 태양에서 눈을 떼지 않았다.

눈이 아프나 그보다 가슴이 더 시리고 먹먹했다.

'폐하!'

비록 귀에는 들리지 않지만 황제의 분노한 음성이 바로 옆에서 들리는 것만 같았다.

'하지만 만세(萬世)가 단순히 만세가 아닌 살아 있는 역사가 돼야 하옵니다. 그에 따른 업보는 이 늙은이가 지고 가겠사옵니다.'

그리고 자신의 욕심으로, 아니 대물림된 욕심으로 활짝 피지도 못한 채 그늘에서 저물어야 했던 두 제자의 얼굴도 떠올랐다.

'죽어서 이 죄를 달게 받겠다.'

벌겋게 충혈되고 눈물로 범벅이 된 눈으로 송겸은 붓을 들었다. 햇살에 사물이 흐릿했지만 송겸은 한 치의 망설임도 없이 붓을 놀렸다.

*　　　*　　　*

아직 해도 저물지 않은 초저녁.

황제는 모든 내관과 궁녀를 물린 채 근심이 가득 찬 얼굴로 홀로 술잔을 들고 있었다.

'짐이 황제였던가, 아니면 황사가 황제였던가?'

술잔을 내려놓는 황제의 손이 부들부들 떨리고 있었다.

황제 자리에 오르면서 요즘처럼 무능함을 느낀 적이 없었다. 하지만 지금 그는 철저하게 자신의 무능함을 절감하고 있었다.

자신의 뜻대로 움직여 주던 신하들은 없었다.

모두가 황사의 뜻대로 움직였던 것이다.

더군다나 자신의 뜻이 만백성들에게 알려지기는커녕 자금성에서조차 벗어나지 못하는 형국이었다.

단지 그것만이 아니었다.

다른 누군가가 아닌 오로지 자신에게만 충성해야 할 삼만의 금의군 중 일만이 낙향했다. 사실 말로만 낙향이지 지금쯤 황사의 충실한 손발이 되었음을 황제는 느끼고 있었다.

입안이 너무나도 써 술을 들이켰는데도 입안은 전보다 더 깔깔해지고 있었다.

'믿을 자가 없구나, 믿을 자가……'

황제는 분풀이를 하듯이 다시 술잔을 털었다.

그때 원인 모를 기이한 빛과 함께 마현이 황제 앞에 모습을 드러냈다. 물론 동시에 황제의 신변을 보좌하던 네 명의 수신호위가 모습을 드러냈지만 이내 황제의 축객령에 다시 모습을 감췄다.

"그대의 등장은 언제나 짐을 놀라게 하는구나."

황제는 손을 뻗어 맞은편 자리를 가리켰다.

"시간이 다급하여 황망하게 알현하게 된 것을 용서해 주시옵소서."

"안 그래도 적적하던 차, 잘 되었다. 짐이랑 술 한 잔 나누자구나."

황제는 자신이 마시던 술잔에 술을 채워 마현에게 내밀었다.

"그렇다면 한 잔만 받겠나이다."

마현은 차마 거부할 수 없어 그 잔을 받아 비우고 공손하게 황제에게 술잔을 넘겼다.

"그대가 아무 이유 없이 짐을 찾아오지는 않았을 터."

마현은 황제와 자신의 주위에 음파차단 마법을 펼친 후 입을 뗐다.

"폐하, 이번에 낙향한 금의군 중 오천여 명이 어제 무당파를 야습했었사옵니다."

"모두 죽었느냐?"

"모두 생포하기에는 역부족이었나이다."

"나머지 오천여 명은 황사가 데리고 있겠구나."
"현재 제갈세가 휘하로 들어간 것으로 알고 있나이다."
"황사 하나로 이 나라가 망조의 길로 들어서려는 것인가?"
"송구하옵나이다!"
마현은 고개를 깊게 숙였다.
"그대가 송구할 것이 뭐가 있다고……."
"생포한 이들을 국법으로 다스리기 위해 당장 수도로 압송하고 싶으나, 아직 황사의 눈이 천하에 미치고 있어 잠시 유보해두었나이다."
"황사의 무서움은 짐의 위에 있구나."
황제는 탄식했다.
"당장 황사를 불러들여……."
"폐하, 현재 황사는 대림학당에 머물고 있지 않사옵니다."
"무, 무어라?"
노기로 인해 황제의 얼굴이 붉어졌다.
"분명 대림학당에는 황사가 있사오나, 그자는 황사가 아니옵니다."
"허허허, 여전히 황사는 짐의 머리 위에서 놀고 있었음이야. 짐이 죽어 어찌 선왕들을 볼지 벌써부터 가슴이 먹먹해지는구나."
황제는 시름 어린 목소리로 개탄했다.
"하여 더 이상 피해가 커지기 전에 일을 마무리 지을까 하옵나이다. 다행히 황사의 은신처를 확보해 놓았나이다."

"알았노라, 내 당장 금군을 이용해……."

"폐하, 그건 천부당만부당한 일이옵나이다."

"……?"

"훗날 이 같은 일이 벌어지지 않게 하기 위해서라도 순리대로 무림에서 이 일을 마무리 짓는 것이 타당하리라 여기옵나이다."

"결국 짐이 할 일은 없다는 소리더냐?"

황제는 다시 한 번 자신의 무능함에 고개를 떨어뜨릴 수밖에 없었다.

"그렇지 아니합니다. 일을 끝내는 것은 무림이오나 마무리는 폐하께서 하셔야 하옵니다. 그 일이 더 길고 어려운 행보가 될 것이옵나이다."

"그런 말을 하는 것으로 보아 짐에게 바라는 것이 있나 보구나?"

"황사가 기거하는 곳이 중경이옵니다."

"중경? 그곳에는……."

"폐하께서도 아시는 바대로 무림맹 역시 중경에 있사옵고, 또한 오천여 명의 낙향한 금의군 병사들도 중경에 있사옵니다. 하여 이틀 후, 모든 일을 마무리 지을 생각이옵니다."

"흠……, 큰 싸움이 일어나겠구나."

"그렇기에 폐하께서 무고한 백성의 피해를 막아주십사 하고 이렇게 찾아뵌 것이옵니다."

"짐이 아무리 무능하다고 해도 애꿎은 백성들까지 다치게 할 수는 없지. 그대가 머뭇거림 없이 말을 꺼낸 바로는 그 대책도 강구했을 터, 기탄없이 말해보라."

"군사훈련을 이용하면 무고한 피해는 줄일 수 있을 거라 사료되옵나이다."

"군사훈련이라……."

황제는 고개를 끄덕이며 중얼거렸다.

흔한 일은 아니다.

하지만 그런 선례가 없었던 것도 아니다.

문제는 시간이었다.

"이틀이면 시간이 촉박하다."

"삼 일, 그 이상은 무리옵나이다."

"삼 일이라면 어떻게든 해 볼 수는 있겠군. 알았노라, 그 일은 짐이 어떻게 해서든 성사시키겠노라."

"성은이 망극하나이다!"

"밖에 내관 있느냐?"

황제는 당장 큰 소리로 밖에 대기하고 있는 내관을 불렀다.

"그럼 신은 물러나겠나이다."

마현은 음파차단 마법을 해제한 후 그 자리에서 모습을 감췄다.

* * *

마교의 중심, 마주전.

쿵!

대전을 통하는 큰 문이 활짝 열렸다.

"소교주 듭시오!"

그 소리에 허진이 앉아 있는 태사의를 중심으로 좌우로 길게 늘어서 앉아 있던 마교의 수뇌들이 일제히 자리에서 일어났다.

마현은 흑풍대주 왕귀진과 함께 그들이 만든 길 중앙으로 걸어 들어가 태사의 앞에서 걸음을 멈췄다.

"다녀왔습니다."

"교주님을 뵈옵니다."

마현은 허리를 깊게 숙였고, 왕귀진은 오체투지로 허진을 알현했다.

"수고했구나. 힘든 상황에서 큰일을 해냈구나, 수고했느니라."

"교인으로서 당연한 일을 했을 뿐이옵니다, 교주님."

마현은 묵묵히 허리를 다시 한 번 더 숙였고, 왕귀진은 더욱 머리를 깊게 조아렸다.

"수고하셨습니다, 소교주님. 수고하셨소, 흑풍대주."

허진을 옆에서 보좌하고 있는 군사 공효가 허리를 깊게 숙였다.

 마현은 왕귀진의 오른쪽 옆구리에 들린 목함을 받아들려다가 대장로가 서 있어야 할 자리에 남만야수궁과 북해빙궁의 두 궁주가 서 있음을 깨달았다.
 "두 분도 여기 계셨군요."
 "덕분에 좋은 소식을 들었네."
 "머지않아 고향으로 돌아가실 수 있을 겁니다."
 "안 그래도 그 때문에 이 빈객들이 이 자리에 참석한 걸세."
 야율초재와 설관악이 옅은 웃음기를 머금었다.
 "자자, 이럴 것이 아니라……. 너도 자리하거라."
 대전회의가 거의 끝이 난 참이었다.
 하지만 마현이 도착했으니 대전회의는 이제 다시 시작이 된 것이나 매한가지였다. 그러니 말이 길어질 것을 대비해 일단 허진이 마현을 자리에 앉히려 했다.
 "대주."
 마현은 왕귀진의 손에서 목함을 받아들었다.
 "그것이 무어냐?"
 마현은 조용히 목함을 열었다.
 싸한 비린내가 풍겼다.
 "본교의 배신자이자 세작인 율기의 수급입니다, 스승님."
 마현은 목함 안에서 율기의 수급을 꺼내 대전 정중앙에 내려놓았다.

대전 안은 순식간에 적막감이 흘렀다.

"아울러 황사의 세 번째 제자입니다."

마현은 허진을 올려다보았다.

허진은 마현이 할 말이 있음을 알아차리고 고개를 끄덕여 허락했다. 마현은 몸을 돌려 대전에 모인 마교 수뇌들을 쳐다보며 입을 열었다.

"무섭도록 무림을 혼란에 빠트린 이 계략은 대략 백여 년 전부터 시작되었소."

그 말에 대전에 모인 수뇌들의 눈이 동그랗게 떠졌다.

마현은 율기에게서 얻은 정보를 하나도 빠짐없이 풀어냈다.

"어찌 이토록 무림을 기만할 수 있는가!"

대장로 가릉이 카랑카랑한 목소리로 분노를 터트렸다.

"하여."

마현은 몸을 돌려 허진을 올려다보았다.

"감히 소교주의 입장에서 교주님께 청을 올리겠습니다."

마현은 호칭을 스승이 아닌 교주로 칭하며 허진 앞에 부복했다.

"본교의 더할 나위 없는 천세를 위해, 더욱 나아가 우리의 피와 땀과 혼이 담긴 이 땅, 무림을 위해⋯⋯. 소신이 검을 뽑게 허락해 주십시오."

마현의 낮지만 결코 작지 않은 목소리에 허진이 자리에서 일어났다.

"본교의 교인들은 들으라!"

허진의 낮고 굵은 목소리가 대전 안에 울려 퍼졌다.

"마교는 언제나 피와 힘으로 대화하는 곳이다! 출정식을 준비하라!"

"명!"

"명!"

수뇌들이 일제히 부복하며 짧지만 우렁찬 목소리로 복명했다.

"본 북해빙궁에서도 한 힘 돕겠소이다!"

"남만야수궁은 죽는 날까지 적과 한 하늘을 이고 살지 않소이다."

설관악과 야율초재도 한 걸음 나서며 이 전쟁에 한 힘을 보탰다.

"와아아아아!"

"우와아아아!"

적막감이 흐르던 대전 안은 격한 기세가 끓어오르며 함성으로 가득 찼다.

새로운 시작

징— 징— 징—!

묘시에 들어서며 새벽닭이 아침을 막 깨울 때쯤, 중경 거리 곳곳에서 징소리가 사방으로 울려 퍼졌다.

"무슨 일이래?"

사람들은 잠이 덜 깬 눈을 비비며 거리로 쏟아져 나왔다.

군관들이 저렇게 징을 치고 다닐 때에는 분명 그만한 이유가 있었기 때문이었다.

또한 그 이유를 알아야 혹시나 모를 불이익을 조금이라도 피해갈 수 있었기에 사람들은 삼삼오오 거리로 나와 귀를 활짝 열었다.

"금일 진시 말(9시), 황제 폐하의 황명으로 중경에서 군사훈련이 있을 예정이니 다들 오늘 하루는 집에서 꼼짝 말고 나오지 마시오!"

"히익!"

사람들은 그 소리에 기겁했다.

그나마 형편이 나은 이들이야 어찌어찌 버틴다지만 하루 벌어 하루 먹고 사는 이들에게는 그야말로 청천벽력과도 같은 황명이었다.

"어떻게 이럴 수가 있소?"

특히 이런 불만은 근근이 하루 벌어 먹고 살아가는 빈민촌에서 더했다.

황명이라 넙죽 엎드려도 모자랄 판에 이리 나선 이유는 그만큼 하루하루 먹고 사는 것이 어렵다는 뜻.

"어허! 황명이라고 하지 않소!"

"아무리 그래도 그렇지……, 우리 같은 이들은 그냥 나가 죽으라는 소리처럼 들려서 그런 것 아니오?"

"넉넉하지는 않지만 내일 아침 구휼미가 풀린다고 하니 그냥 썩 들어가시오!"

"저, 정말이오?"

"이 작전 참가를 황제 폐하께서 직접 행하시는 거니 딴 말은 없을 것이외다! 그러니……."

백성들의 반응이 많이 누그러들자, 군관은 이내 목소리를 낮게 깔며 엄포를 늘어놓았다.

"황제 폐하께서 친히 행하시는 훈련이니 목숨 줄 아까우면 무슨 일이 있어도 오늘 하루 밖에 나오지들 마시오!"

"우리야 먹고 살게만 해준다면야 그깟 하루가 문제겠소?"

"혹여나 이 자리에 못들은 이들이 있다면 다들 꼭 알려주시오. 다시 말하지만 진시 말이오! 진시 말!"

군관들은 다시 한 번 엄포를 놓은 다음 이웃 마을로 이동했다.

이러한 사소한 시비는 어디 빈민촌뿐이겠는가?

돈 줄이 있는 자들은 하나같이 중경 관청으로 뛰어갔지만 돌아온 것은 매서운 엄포였다.

특히 황제가 직접 중경으로 온다고 하니 어쩔 수 없었던 것이다.

이런 사실은 무림맹에도 알려졌다.

"군사훈련이라니요?"

제갈묘는 자다가 벼락이라도 맞은 것처럼 깜짝 놀랐다.

"본관도 너무 황망한 일인지라……."

중경부 최고 관리인 지부 백이량도 난감해하는 표정을 지었다. 그리고 백이량도 어제 저녁 이 사실을 파발을 통해 들은 터라 더 설명하고 싶어도 설명할 길이 없었다. 그리고 백이량이 직접 찾아와 이런 정보까지 제갈묘에게 알려줄 의무도 없었다.

새로운 시작 165

왜냐하면 이제 제갈묘와 무림맹은 왕과 왕부가 아닌 까닭이었다.

사실 천하에 공포가 되지 않아 많은 이들이 모를 뿐 중경부 관리들은 모두 다 아는 일이었다. 하지만 황사의 그늘이 워낙 넓고 두터운 터라 그저 쉬쉬하고 있을 뿐이었다.

"진시가 되면 성문도 닫힌다고 하니 그리 아십시오. 이제 왕부도 아니거니와 어쨌거나 황제 폐하께서 직접 행하시는 것이니 무림맹 단속도 잘 부탁하오."

하지만 그가 이렇게 제갈묘를 찾아온 이유는 제갈묘가 여전히 중경에서 큰 힘을 발휘하고 있기 때문이었다. 비록 왕과 왕부의 이름이 박탈되었지만 어쩐 일인지 기득권에 대해서는 가타부타 아무런 말이 없었던 것이다.

그건 결국 기득권을 눈감아 준다는 뜻으로 해석이 된 것이다.

"하지만 너무 갑작스러운 일이라……."

제갈묘가 우물쭈물하는 사이 관리가 자리에서 일어났다.

"그럼 수고하시오, 본관도 갑작스러운 일이라 준비할 것이 많아서……."

제갈묘가 잡을 사이도 없이 관리는 서둘러 무림맹을 빠져나갔다.

"무슨 일일까?"

"이 이른 시간부터 무슨 일입니까?"

후동관이었다.

"오늘 느닷없이 군사훈련을 한다고 하오."

"군사훈련이라 하였소?"

후동관도 적잖게 놀랐는지 되물었고, 제갈묘는 고개를 끄덕여 다시 대답해주었다.

"그나저나 개방과 무당파의 움직임은 어떻소이까?"

"무당파는 분노를 삭히고 있소. 우리의 뜻대로 되었소. 그들은 마교 정벌에 선봉을 설 것 같소."

후동관의 말에 제갈묘는 그럼 그렇지, 하는 표정을 지었다.

"개방 역시 무당파의 일로 적지 않게 놀란 듯하오. 분주한 모습을 보이는 것으로 보아 무당파의 일을 직접 알아보는 것 같소. 그리고 전처럼 큰소리를 내지 못하고 있소. 아무래도 너무나도 뜻밖의 일일 테니까."

후동관의 말에 제갈묘가 고개를 끄덕였다.

"하지만 조심하시오. 아무래도 걸왕과 마교 소교주 사이에 끈이 있는 것 같으니."

"그래서 더욱 개방이 놀란 것이 아니겠소?"

"하긴……."

"그렇기는 하지만 개방의 움직임을 놓치지 않도록 주의를 해주시오. 여전히 반기를 들 자들이니……, 거기에 걸왕의 행보도 그렇고……."

"하지만 너무 염려하지는 마시오. 일 주일 후 출정식을 가

새로운 시작 167

질 것이니 그리 걱정하지 않아도 될 듯싶소. 그 사이 혹여나 이상한 낌새를 차린다고 해도 달리 어찌할 만한 시간적 여유는 없을 테니까. 더욱이 정마대전이 일어나면 일순위로 제거될 이들이지 않소."

후동관의 말에 제갈묘의 입술이 싸늘하게 말려 올라갔다.

"그 전에 반드시 몇몇을 포섭해 놓아야 할 것이오."

후동관의 나직해진 목소리에 제갈묘가 새하얀 이를 드러냈다.

"안 그래도 개방 장로 중 입질이 온 자가 있소이다. 정마대전 이후 우리가 힘을 실어준다면 충분히 개방을 손에 넣을 수 있을 것이외다."

어차피 그 부분은 자신이 어찌할 수 있는 성질이 아니었기에 후동관은 고개를 끄덕이며 자리에서 일어났다.

"혹시 모르니 맹 내 경계를 강화시켜 놓겠소이다."

"본 맹주도 일어나려던 참이었소이다. 무슨 일인지 모르나 애꿎은 일에 휘말려 좋은 것이 없으니……."

나가려다 말고 제갈묘의 걸음이 멈췄다.

"어르신께 가봐야 하지 않소이까?"

이 사실이 황사에게 알려지겠지만 이왕이면 자신이 챙기는 모습을 보여줘야 했다. 아직까지는 제갈묘에게 있어 누구보다 없어서는 안 되는 존재이니 말이다.

"그리할 생각이었소. 내 맹주의 근심을 잘 전해드리리다."

제갈묘는 흡족한 미소를 지으며 후동관과 함께 맹주실을 빠져나갔다.

*   *   *

"무어라? 군사훈련?"
"그렇다고 합니다, 스승님."
금대치가 이른 아침 황사를 찾았다.
"혹여나 학당 쪽에서 일이 틀어진 것이냐?"
"알아본 바로는 그건 아닌 듯합니다. 황제 폐하는 물론 대신들까지 스승님이 여전히 학당에서 지내시고 계신 것으로 알고 있습니다."
"그렇다면 뜬금없이 황제 폐하께서 군사훈련을 직접 행하시는 것은 무어고, 그 장소가 하필 중경이란 말이더냐?"
황사는 답답함에 애꿎은 금대치를 다그쳤다.
"그 연유를 대신들도 몰라 그저 당황하는 눈치로 보였습니다."
"이런 답답한 노릇을 보았나? 그렇다면 이유도 모른 채 수긍했다는 뜻인가? 도대체 그 많은 대신들은 폐하를 어떻게 보필하기에……. 에잉, 쯧쯧쯧."
"스승님께서 물러나신 이후 모든 일에 사사건건 반대가 심했던 터이기도 하고, 이런 선례가 아주 없었던 것도 아니기에 이번 일은 한 발 물러서기로 중론이 모아졌다고 하옵니다."

금대치가 알아본 상황을 설명했지만 이미 황사의 얼굴은 마땅찮은 표정으로 구겨질 대로 구겨진 후였다.

"진유림 검사들은 물론이오, 하인들까지 단속을 잘해라. 여기서 일이 틀어져봤자 좋을 것이 없느니라!"

"알겠습니다, 스승님."

금대치가 나간 후에도 황사의 구겨진 얼굴은 좀처럼 펴지지 않았다.

'어젯밤 잠자리가 뒤숭숭하더니……'

잠자리뿐만 아니라 하늘도 먹구름으로 인해 잔뜩 흐렸다.

* * *

중경부의 총책임을 맡고 있는 백이량 지부(知府)의 집무실.

한 부의 책임을 맡고 있는 지부의 집무실이라고 하기에는 너무 초라했다. 아니 중경부 관청 자체가 초라했다.

사실 중경부는 이제껏 거의 유명무실한 존재였다.

왜냐하면 중경에 위치한 왕부 때문이었다.

거의 이름뿐이었던 중경부가 제몫을 하기 시작한 건 요 며칠 되지 않았다.

무림맹이 왕부의 자격을 박탈당하면서 실질적인 상급 기관이 사라진 이후 부터였다.

그렇다 보니 모든 것이 허술할 수밖에 없었다.

그나마 천무방위군이 중경부에 편입되면서 외형적으로나마 그럴싸해진 것일 뿐 실상은 업무가 제대로 돌아가기도 벅찰 정도였다.

그러는 와중에 황제가 왔으니 중경부를 책임지고 있는 백이량의 이마에는 땀이 쉴 새 없이 흘러내렸다.

"폐하, 시간이 되어 성문을 폐쇄했나이다."

백이량은 이마며 뺨이며 온 얼굴을 흥건하게 덮고 있는 땀을 소매로 닦으며 보고했다.

"수고했느리라, 나가보라."

황제는 보고를 받은 후 가타부타 아무런 말없이 축객령을 내렸다.

당연히 다른 명을 기다리고 있던 백이량은 축객령을 바로 알아듣지 못하고 두 눈만 껌뻑거렸다.

"짐의 명대로 그 누구도 성문을 통과할 수 없게 굳게 지키면 되느니라, 알겠느냐?"

"며, 명을 받자옵니다."

백이량은 이해할 수 없는 명이었지만 토를 달 수가 없었기에 깊게 허리를 숙인 후 자신의 집무실에서 나가야만 했다.

"폐하, 감히 신이 물음을 가져도 되겠나이까?"

황제를 따라 함께 동행한 조자경이 물었다.

이제껏 참아왔던 궁금증을 도저히 참지 못한 것이다.

명백한 군사훈련 명목으로 이곳으로 왔다.

 그런데 군사훈련에 동원되어야 할 군사는 없었다.

 황제는 그저 수행 인원 몇몇과 신변보호를 위한 소수의 금의군만을 대동한 것이다. 그 금의군마저도 중경부를 단단히 지키고 있었다.

 "그 대답을 짐이 해줄 수 있을지 모르겠군. 허나 이 말만은 해줄 수 있다. 짐의 생에 있어 오늘이 분수령이 될 것이야."

 황제는 웃고 있었지만 분명 긴장하고 있었다.

* * *

 마주전 앞 대광장.

 그곳 중앙에는 상당한 크기를 자랑하는 워프게이트진이 세 개나 설치되어 있었다.

 그 앞에는 호원5무대 중 본교를 사수해야 할 혈검대와 살귀대를 제외한 나머지 3무대, 독혈대와 문혼대, 그리고 마지막으로 지옥철마대가 자리하고 있었다.

 마교의 힘 중 절반이 대광장에 도열해 있었다.

 그리고 그들 옆으로 남만야수궁과 북해빙궁의 무인들이 모여 있었고, 그들 앞에 마현과 흑풍대가 서 있었다.

 "시간이 되었습니다, 교주님."

 마주전 앞 석단 위에 서 있던 허진이 군사 공효의 말에 고개를 끄덕인 후 앞으로 한 걸음 내딛었다.

"본교는 마교지 정파가 아니다. 하여 오늘로 무림사에 새로운 역사가 쓰여질 거라는 둥, 무림의 힘이 어떤 것이라는 것 따위의 고리타분한 이야기는 하지 않을 것이다."

"하하하하!"

"푸하하!"

허진의 가벼운 농담에 긴장감이 무겁게 내려앉은 연무장의 분위기가 한층 밝아졌다.

허진도 가벼운 미소를 살짝 지었다가 다시 천천히 입을 열었다.

"우리는 마교다! 보여줘라, 천하에……. 우리의 힘을!"

착 가라앉은 목소리는 대광장 구석까지 스며들었다.

"마교의 길에는 오로지 승리뿐이다! 가라, 자랑스러운 교인들이여!"

"와아아아아아!"

"마교 천세, 천세, 천천세!"

대광장에서는 우렁찬 함성이 터져 나왔다.

허진은 대광장에 모인 마인들을 훑다가 마지막으로 가장 선두에 서 있는 마현을 쳐다보았다.

허진은 마현을 향해 엷은 웃음을 보였다.

그건 믿음이었다.

마현은 그런 허진의 웃음에 목례로 대답했다.

새로운 시작 173

그리고 몸을 돌렸다.

"출전한다!"

마현의 목소리에 대광장에서 들끓던 함성이 사라지고 그 자리에는 온몸을 죄는 투기가 대신 자리를 잡았다.

"독혈대는 앞으로!"

먼저 우렁찬 명을 내린 것은 사공찬이었다.

사공찬은 자신의 수하들을 이끌고 중앙 워프게이트진 안으로 들어섰다.

그 명을 시작으로 문혼대와 지옥철마대도 워프게이트진 안으로 들어섰다.

마현이 고개를 끄덕이자 사공찬을 비롯해 두 무력단체의 대주들이 품에 안고 있던 스크롤을 일제히 찢었다.

쿠궁!

상당한 기의 파장이 사방으로 퍼지며 워프게이트진에서 빛줄기가 하늘로 치솟아 올랐다. 그 빛이 사라지자 워프게이트진 안을 가득 메웠던 호원5무대 중 세 개의 대(隊)가 사라지고 없었다.

"말씀드렸다시피 뒤를 부탁드리겠습니다."

마현은 워프게이트진 안으로 들어서는 두 궁주를 쳐다보며 다시 한 번 더 작전을 주지시켰다.

"신경을 써줘서 고맙고, 그리고 미안하네."

설관악이 어색한 웃음을 띠며 고개를 끄덕였다.

"하지만 우리도 그저 놀고만 있지는 않을 걸세. 비록 예전의 성세를 잃었다고는 하나……, 새외를 호령했던 우리들일세."

야율초재가 가슴을 탕탕 치며 화통한 목소리를 내뱉었다.

"가자!"

"명!"

마현은 흑풍대를 이끌고 중앙 워프게이트진으로 올라섰다.

다른 이들은 스크롤이 필요하지만 마현은 마법사이다 보니 그럴 필요가 없었다. 그는 필요한 마력을 끌어올렸다.

『조심하세요. 그리고 아버지와 제자들을 잘 부탁드려요.』

출전하지는 않았지만 출전식에는 참가한 설린의 전음이 들려왔다.

마현은 고개를 돌려 대광장 한편에 서 있는 설린을 쳐다보았다.

『린.』

『……?』

『북해를 되찾는 날, 나와 결혼해 주시오. 사랑하오.』

마현의 전음에 설린의 얼굴이 빨갛게 달아올랐다.

그 모습에 그저 미소를 살짝 지으며 마현은 고개를 돌려 그녀 옆에 서 있는 야율황기를 쳐다보았다. 이 싸움에서 두 궁의 후계자들은 빠졌다. 그 어떤 일이 벌어지더라도 명맥을 유지하기 위함이었다.

『황기! 설린을 잘 부탁한다.』

새로운 시작

『크크크, 방금 혼약이라도 주고받았냐?』

마현은 어색한 웃음을 지은 후 고개를 돌렸다.

『에엥? 지, 진짜야?』

야율황기의 물음이 끝나기도 전에 마현과 흑풍대는 그 자리에서 사라졌다.

*   *   *

황사는 화선지에 난초를 치다 말고 창문을 열어젖혔다.

"무슨 일이십니까요?"

마당을 쓸고 있던 하인 하나가 달려와 머리를 조아렸다.

"밖은 어떠냐?"

"조용합니다요."

"조용하다라……."

황사는 눈살을 찌푸리며 조용히 읊조렸다.

"대치는 지금 무얼 하고 있느냐?"

"대인께서는 집무실에서 업무를 보고 있는 것으로 압니다요."

"그러하냐?"

"부를깝쇼?"

"아니다, 됐다. 그냥 나가서 바깥 동향만 슬쩍 보고 오너라!"

황사의 말에 하인은 마당을 쓸던 빗자루를 바닥에 내려놓고 정문 쪽으로 쏜살같이 달려 나갔다.
 마치 세상이 멈춘 것처럼 조용했다.
 그런데 이 고요함이 괜스레 마음을 불안하게 만들고 있었다. 자신이 치던 난초를 쳐다보았다.
 마음이 불안해서인지 쭉쭉 뻗어나가야 할 난초 줄기들이 삐뚤삐뚤했다.
 갑자기 뒤숭숭했던 어제의 잠자리가 떠올랐다.
 '지금의 이 고요함이 흡사 폭풍전야처럼 느껴지는 이유는 무얼까?'
 퉁 퉁 퉁!
 황사의 기감에 무언가가 느껴졌다.
 처음에는 이런 기감이 어색하고 수발이 자유롭지 못했지만 지금은 익숙해져 있었다.
 '이 느낌은?'
 기의 파장이었다.
 결코 적지 않은 기의 파장이었다.
 황사는 체면을 접고 창문을 통해 지붕으로 몸을 날렸다.
 지붕 위에서 주위를 살폈지만 시야에 들어오는 것은 한계가 있는 법. 그저 고심하고 있을 때 금대치가 지붕 위로 올라왔다.
 "스승님."
 그도 파장을 느낀 것인지 단걸음에 달려온 모양이었다.
 퉁 퉁 퉁!

그가 막 지붕에 올라오자 조금 전에 느껴졌던 파장이 다시금 느껴졌다.

"군사훈련과는 어울리지 않아……. 그렇다고 황명을 어길 수는 없는 노릇이고."

황사의 목소리는 무겁기 그지없었다.

"밖에 사람을 내보내볼까요?"

금대치의 제안에 황사는 고개를 옆으로 저었다.

"그러고 싶지는 않다. 더 이상 불충은 하고 싶지 않구나."

황사는 더 밖을 봐야 보이는 것이 없기에 결국 시선을 거둘 수밖에 없었다.

"느낌이 좋지 않구나. 하지만 무슨 일이 일어난다 해도 이대로 앉아서 당할 수는 없는 법. 혹시나 모르니 만반의 대비를 하거라."

현재 황사의 입장에서 할 수 있는 것은 이것뿐이었다.

"알겠습니다."

금대치는 황사의 명을 이행하기 위해 지붕에서 내려갔다.

"정녕 내가 잘하고 있는 건가 모르겠군."

황사는 처음으로 자신의 의지가 약해졌음을 깨달았다.

그러나 그건 그의 의지가 단순히 약해졌음이 아니었다. 그는 모르나 급작스러운 내력으로 인해 정신에 실금처럼 그어진 자그만 틈, 그것은 바로 심마였던 것이다.

＊　　　＊　　　＊

　황사가 현재 은신하고 있는 금대치의 개인 장원.
　그곳에서 멀리 떨어지지 않은 야산 내 인위적으로 나무를 베어 만든 공터.
　그곳에 미약한 빛이 터지며 세 무리의 인영들이 모습을 드러냈다.
　그들이 공터 가장자리로 재빨리 피한 후 다시 세 무리의 인영들이 나타났다.
　바로 마교에서 출발한 마인들이었다.
　"사전 계획대로 폭죽이 터지는 순간, 일제히 금대치의 개인 장원을 덮칠 것이다. 가능하면 생포하되 여의치 않으면 죽여도 무방하다."
　"명!"
　세 명의 대주는 짧게 명을 받들었다.
　"출발하라!"
　마현의 명이 떨어지자 각 대 별로 흩어져 야산 밑으로 일사분란하게 사라졌다.
　"준비되셨습니까?"
　"되었네."
　"준비라고 할 것이 그 무어가 있겠는가?"
　"그럼 출발하겠습니다."

마현은 흑풍대를 이끌고 황사가 은신해 있는 장원으로 출발했다.

 반각쯤 이동하자 인적이 뜸한 외딴 곳에 위치한 금대치의 장원이 눈에 들어왔다.

 마현은 무림맹이 있는 방향으로 고개를 돌렸다.

 '지금쯤 만반의 준비가 끝났겠지?'

 마현은 마력을 끌어올려 파이어 버스트 마법을 하늘로 쏘아 올렸다.

 후우웅— 퍼벙 퍼버버벙!

 붉은 불덩이는 하늘 높이 올라가 폭죽처럼 터졌다.

 "가자!"

 마현이 선두로 몸을 날렸고, 그 뒤로 흑풍대가, 다시 그 뒤를 두 궁의 무인들이 금대치의 장원으로 뛰어 들어갔다.

* * *

 무림맹 내원, 무당파 장문인이 머무는 객실에 청하진인과 더불어 개방방주 불취개, 소림사 방장 혜공, 그리고 하북팽가의 가주 팽희수, 사천당문의 가주 당자성, 황보세가의 가주 황보건허, 마지막으로 중소문파 대표로 참석한 노건문이 자리하고 있었다.

 제갈세가와 특별한 친분이 있는 문파과 세가를 제외한 모든 문파가 모인 것이다.

"노 방주, 중소문파연합 쪽에 이 사실을 모두 알렸소이까?"

불취개가 물었다.

"믿을 수 있는 몇몇에게만 알렸습니다. 모두에게 알리면 아무래도 기밀을 유지하기 힘드니까요."

"잘하셨습니다."

불취개는 만족스러운 듯 고개를 끄덕였다.

사실 이 일에 중소문파연합이 합류를 해도 이 싸움에서 큰 힘을 발휘하지는 못한다. 하지만 명분과 여론이라는 것은 다르다.

특히나 아래서부터 시작되어 위로 올라가는 여론은 그 어떤 것보다 큰 힘을 발휘할 때가 있다.

그게 바로 지금이다.

그들이 당장 큰 힘을 발휘하지는 못해도 이 일이 마무리되고 다시 무림다운 무림으로 돌아가는 날, 그 누구보다 큰 힘을 발휘할 것이다.

그렇기에 불취개가 나서서 적극적으로 노건문을 이 자리에 동참시킨 것이었다.

"들어내 놓고 이렇게 자리하고 있으니 참으로 어색합니다, 그려. 허허허."

당자성이 수염을 쓰다듬으며 가벼운 웃음을 터트렸다.

"어차피 들켜도 상관없지 않습니까? 어떻게 결말이 날지는 모르나 오늘로 판가름 날 테니 말입니다."

불취개의 말에 분위기가 한순간 은은한 긴장감으로 가득 찼다.

"지금쯤 제갈 가주에게도 우리가 모인 소식이 들어갔겠군요."

"기웃거리는 자들이 몇몇 있으니 아마도 그렇겠지요."

그때 방문이 열렸다.

이곳에 모인 이들은 한순간 긴장하며 열린 문 쪽으로 고개를 돌렸다. 그리고는 이내 안도의 한숨을 내쉬었다.

"방주님, 태상방주님께서 모든 준비가 끝났다는 전갈을 보내왔사옵니다."

"다른 이들의 눈에 띄지는 않으셨고?"

"황명으로 내려진 통행금지령에 의해 다행히 중경으로 들어섰다고 합니다."

불취개는 고개를 끄덕였다.

"무림이 개방에 큰 빚을 지게 되었습니다, 아미타불!"

혜공이 불취개를 향해 반장했다.

무림맹, 정확히는 제갈세가와 황사의 이목을 피하기 위해서는 어쩔 수 없이 마교를 치기 위한 명목으로 중경에 모인 각 문파 제자들을 이용해 싸워야 했다. 그렇다 보니 수적 열세에 몰릴 것은 뻔한 일.

그들의 이목을 피해 많은 병력을 소집할 수 있는 곳은 개방

뿐이었다. 그렇기에 걸왕이 직접 삼천의 개방 제자들을 데리고 중경에 들어선 것이었다.

불취개는 혜공의 인사를 받으며 마주앉아 있는 각 문파 장문인들과 가주들을 쳐다보았다.

"이제 남은 것은 폭죽뿐이겠군요."

그때였다.

펑, 퍼버버벙!

폭죽 터지는 소리가 들려왔다.

불취개가 재빨리 자리에서 일어나 굳게 닫힌 창문을 활짝 열어젖혔다.

저 멀리 푸른 하늘에서 붉은 불덩이가 터지고 있었다.

불취개는 고개를 돌렸다.

동시에 의자에 앉아 있던 이들이 굳은 표정을 한 채 자리에서 일어났다.

* * *

"그게 무슨 소리냐?"

"지금 무당파 장문인실에 개방 방주, 소림사 방장, 하북팽가 가주, 사천당문 가주, 황보세가 가주와 중소문파 대표인 노방주까지 모여 있습니다."

"뭐라?"

새로운 시작 183

제갈묘는 미간에 깊은 골을 만들어내며 짜증 섞인 목소리로 일갈을 내질렀다.

그때 후동관이 급히 안으로 들어왔다.

아마 그들이 모인 사실을 들은 모양이었다.

"맹주, 들으셨소이까?"

그때였다.

펑, 퍼버버벙!

요란한 폭죽음이 들려왔다.

제갈묘는 인상을 더욱 찌푸리며 창문 너머로 시선을 돌렸다. 하늘에서 붉은 불덩이가 터진 후 사방으로 비산하고 있었다.

동시에 엄청난 함성이 귀에 들려왔다.

"와아아아아!"

*   *   *

무림맹으로 향하는 길목마다 개방의 제자들이 골목이나 담벼락, 혹은 길모퉁이를 이용해 몸을 숨기고 있었다. 그런 그들 속에 걸왕이 초조한 듯 하늘에서 시선을 떼지 못하고 있었다.

걸왕은 주먹을 꽉 말아 쥐었다.

'무슨 일이 있어도 이 기회에 무림을 바로 세워야 한다.'

아마도 개방은 이 일로 상당한 타격을 받게 될 것이다.

무당파에서도 상당한 제자를 잃었는데 이 싸움까지 한다면 뿌리마저 흔들릴 정도로 휘청거릴 수도 있다. 이런 사실은 자신도 알고 제자인 불취개도 안다. 또한 이 싸움에 참가한 방도들도 안다.

하지만 자신들만이 나설 수밖에 없음을 알기에 기꺼이 나선 것이다.

어차피 흔들려도 개방은 개방이니까.

가진 것 없으니 잃을 것도 없으니까.

그때였다.

펑, 퍼버버벙!

하늘에서 요란한 폭음과 함께 폭죽이 터졌다.

"개방도는 들으라! 개방이, 이 거지들이 무림을 곧게 바로잡는다! 가라, 이 빌어먹을 놈들아!"

목이 터져라 외치는 걸왕의 목소리에 개방의 제자들이 일제히 모습을 드러냈다.

"와아아아아!"

그리고는 함성을 내지르며 무림맹을 향해 달려 나갔다.

* * *

"파이어 재벌린!"

마현은 달려 나가며 세 발의 화창을 만들어 장원 정문으로 날렸다.

후우우웅!

콰과과과광!

세 발의 화창은 나무로 만들어진 정문을 그대로 폭파시키며 집어삼켰다. 굳게 닫혔던 정문이 사라지자 마현은 계단을 밟듯 허공으로 훌쩍 몸을 날렸다.

장원을 중심으로 다른 세 방향에서 달려드는 호원 소속 3무대가 눈에 들어왔다.

일단 마현은 독혈대가 맡은 후문으로 시선을 돌렸다.

마현과 가장 선두에서 달려드는 사공찬과 눈이 마주치는 순간 거침없이 질주하던 독혈대의 걸음이 늦춰졌다.

그 모습에 마현의 입가가 말려 올라갔다.

상당히 다혈질이면서도 이럴 때에는 징그러울 정도로 냉철한 모습이 새삼 믿음직한 까닭이었다.

마현은 사공찬이 원하는 것이 무언지 알았기에 마력을 끌어올렸다. 사실 그가 원하지 않아도 강제로 후문을 열어줬을 것이다.

콰과과과광!

후문에서도 정문과 마찬가지로 폭음과 함께 불기둥이 치솟아 올랐다. 그러자 잠시 속도를 늦췄던 독혈대는 기다렸다는 듯이 다시 속도를 높여 거침없이 후문으로 뛰어들었다.

이어 마현은 길고 높게 드리운 양옆 담벼락으로 시선을 돌렸다. 흑풍대와 독혈대가 들이닥친 곳이 남북이라면 동서 방향으로 지옥철마대와 문혼대가 달려들고 있었다.
"슬로웁 랜드(Slope land)!"
그그그극!
장원을 철통처럼 두르고 있던 담장 아래 땅거죽이 부르르 요동치더니 위로 불룩 솟아올랐다.
그러자 담장 꼭대기에서부터 땅바닥까지 흙으로 인해 얕은 경사가 만들어졌다.
두 호원무대, 즉 문혼대와 지옥철마대는 그 장면에 잠시 놀라 주춤거리는가 싶더니 이내 허공 위에 떠 있는 마현을 발견하고는 다시 속도를 높였다.
그들은 담장 위로 쭉 뻗은 둔덕을 달려 손쉽게 장원 내로 뛰어 들어갈 수 있었다.
댕댕댕댕댕댕—
동시에 적의 기습을 알리는 종소리가 장원 내부에서 급히 터져 나왔다.

지붕에서 내려온 황사는 심란한 마음을 다스리기 위해 다시 붓을 들었다가 몸을 흠칫했다. 경직된 몸은 쉽사리 풀리지 않았다.
사방에서 죄여오는 수많은 기운들.
또한 그 기운들이 뿜어내는 예리한 살기와 투기들.
아니나 다를까.

콰콰콰콰쾅!

장원 가장 깊숙한 곳이자 중앙에 위치한 자신의 거처마저 흔들릴 정도로 엄청난 진동과 함께 곧이어 귀가 찢어지는 듯한 폭음이 터졌다.

누군가가 습격한 것이 틀림없었다.

'서, 설마……'

송겸은 자리에서 일어나며 황제를 떠올렸다.

'아니야, 아닐 것이야.'

애써 불안감을 외면하며 송겸이 창문으로 몸을 날리려는 그때 다시 한 번 폭음이 터져 나왔다. 이번에는 처음 들렸던 정문과 정반대인 후문 쪽이었다.

송겸은 수염을 부르르 떨며 입술을 꽉 깨물었다.

분명 화포와 같은 벽력탄일 것이다.

'진정 폐하께서?'

비록 암암리에 무림에서 벽력탄을 사용한다고는 하지만 지금처럼 대놓고 사용하지는 못한다.

더더욱 지금은 군사훈련으로 인해 중경의 모든 사람들에게 금족령까지 내려져 있지 않은가? 제아무리 무림인들이 국법을 수시로 무시하는 이들이라고는 하지만 이렇게 들어 내놓고 일을 벌일 자들은 아니었다.

그러는 사이 적의 기습을 알리는 종소리가 요란하게 귀를 때렸다.

황사는 어두운 얼굴로 창문을 통해 밖으로 튀어나왔다.

막 지붕으로 오르려던 황사의 몸이 다시 한 번 굳어졌다. 잠시 파르르 떨렸던 눈동자 역시 딱 멈추더니 머리 위로 서서히 올라갔다.

그리고 허공에 떠 있는 한 인물과 눈이 마주쳤다.

'저, 저놈은?'

황사의 뺨에 경련이 일어났다.

한 번 본 적이 있는 인물, 하지만 결코 잊을 수 없는 자.

바로 마현이었다.

단지 마현의 등장으로 황사의 마음속에서 깊은 분노가 일어난 것은 아니었다.

마현의 등장은 단지 그만의 등장, 혹은 마교 만의 등장이 아닌 까닭이다.

'분명 폐하께서……!'

황사의 눈이 붉게 충혈되었다.

어떻게 자신이 여기 있는 걸 알아낸 것인지는 이미 뒷전이었다. 그보다 더 중요한 것이 있었다.

분명 황제가 중경에 들어섰다고 들었다. 황제가 친히 금족령을 내린 이날 이렇게 들어내 놓고 자신을 쳤다는 건 황제의 동의가 없고서는 불가능한 일.

결국 자신은 황제에게서 내쳐진 것이다.

"이럴 수는 없다! 이럴 수는……. 어떻게, 일평생 오로지 황

새로운 시작 189

제 폐하의 안녕을 보고 이날까지 살아온 내게……."

황사의 눈동자가 핏물을 삼킨 것처럼 붉게 변했다.

우우우웅!

그런 황사의 몸에서 내력이 폭주하듯이 뿜어져 나왔다.

오금이 저릴 정도로 무시무시하게 내뿜어지는 내력에 황사의 도포는 찢어질 듯 펄럭거렸다.

"네놈이 원흉이다! 네놈만 사라지고, 무림만 사라지면…… 황제 폐하께서도 다시 나를 찾으리라!"

황사의 몸이 그 자리에서 사라졌다.

* * *

"폐, 폐하! 폐하!"

백이량 지부가 황제가 머물고 있는 자신의 집무실로 허겁지겁 달려 들어왔다.

"이게 무슨 황망한 짓인가!"

조자경이 가는 눈으로 백이량을 노려보며 나직하게 호통 쳤다.

"괜찮느니라, 무슨 일이더냐?"

황제는 그런 조자경을 말리며 백이량을 쳐다보았다.

"지, 지금 정체를 알 수 없는 자들이 무림맹과 더불어 외각에 위치한 구금상단 상주 금대치의 개인 장원을 급습했사옵니다."

"그렇더냐?"

황제의 담담한 물음에 백이량은 물론 조자경까지 놀란 눈동자를 만들어야 했다. 하지만 여전히 놀란 눈을 한 백이량과 달리 조자경의 눈매는 다시 가늘어졌다.

'분명 폐하께서는 알고 계신 일이었다. 도대체 무슨 일이란 말인……!'

조자경의 머릿속에서 불현듯 떠오른 몇 가지 단편적인 기억들이 하나의 틀을 만들어내기 시작한 것이다.

황사를 만나봐야 별 소득이 없을 텐데도 이상하리만큼 금대치나 그의 사람들이 수시로 대림학당을 드나들었다는 것, 마현과 걸왕이 비록 명예직이지만 장군직을 하사받았다는 것, 마지막으로 갑작스러운 이 군사훈련을 행한다고 황명을 내리기 하루 전 비록 일 각 정도의 아주 짧은 시간이었지만 사라진 황제의 시간.

동그랗게 떠진 조자경의 눈이 황제와 눈을 빤히 마주쳤다. 조자경은 그런 사실을 곧바로 인지하지 못했다.

"무슨 생각을 그리 골똘히 하는 건가?"

황제의 목소리에 조자경은 화들짝 놀라며 재빨리 허리를 깊게 숙였다.

"화, 황송하옵나이다. 폐하!"

'황사를 찍어내시려면 차라리 그를 직접적으로 노리는……. 아뿔사! 그렇다면 학방에 연금된 황사가 진짜가 아니

란 말인가?'

 동창도독 박인태의 말에 의하면 황사의 행동이 조금 달라졌다는 것이다.

 그저 황제의 내침에 충격을 받아서 그런 것이라 지레짐작했지만…….

 조자경은 얼굴을 와락 구겼다.

 그런 그의 귀에 황제의 목소리가 흘러들어왔다.

 "현재 이곳에서 군사훈련이 감행중이다. 짐의 충성스러운 군사들의 훈련이니 개의치 말라."

*   *   *

 마현은 분노를 참지 못하고 수염을 파르르 떠는 황사를 내려다보며 차갑게 웃었다.

 무림을 하찮게 여긴 것을 후회하게 만들어 줄 생각이다.

 그렇다고 죽일 생각은 없었다.

 그의 죽음은 황제가 판단할 것이다.

 하지만 그렇다고 순순히 그를 생포해 황제에게 데려다줄 생각은 눈곱만큼도 없었다.

 보여줄 것이다.

 느끼게 해 줄 것이다.

 살아서도 지옥을 경험할 수 있다는 것을!

황사 곁에 누군가가 지키고 있을 줄 알았다. 그런데 그 곁에 아무도 없었다.

 현재 장원 외부에는 한바탕 난리가 났을 터, 그리 긴 시간은 아니겠지만 한동안 아무도 황사를 신경 쓰지 못할 것이다.

 마현이 마력을 끌어올리며 황사를 향해 내려가려고 할 때였다.

 우우우웅!

 황사의 몸에서 내력이 폭발했다.

 그리고 그의 몸이 사라졌다.

 마현의 눈이 화등잔처럼 크게 떠졌다. 그 자리에서 사라진 황사가 바로 자신의 코앞에 서 있었던 것이다. 아무리 방심했다고는 하지만 황사의 신형을 놓친 것이다.

 "불충은 오로지 죽음뿐이다!"

 황사는 현재 내뿜는 무시무시한 내력에 걸맞은 힘을 표출하며 마현의 가슴에 일장을 내질렀다.

 "헉!"

 마현은 서둘러 뒤로 물러나며 재빨리 실드를 겹겹이 쌓아 몸을 보호했다.

 콰광!

 불의의 일격을 맞은 마현은 황사가 기거했던 전각으로 내리꽂혔다.

 황사의 힘이 얼마나 강했던지 마현은 전각 지붕을 뚫고도 모자라 몇 개의 벽과 기둥을 부숴 버린 후에나 겨우 신형을 멈출 수 있었다.

"크억!"

마현은 부러지기 일보 직전인 기둥을 등받이 삼아 겨우 자리에서 일어났다.

그나마 다행이라면 실드가 완전히 부서지지 않아 직접적인 타격은 받지 않았다는 것이다. 하지만 내부는 완전히 진탕되어 피를 한 모금 내뿜었다.

"헉헉헉!"

연거푸 만든 네 겹의 실드가 아니었다면 내장이 완전히 부서졌을 만큼 엄청난 장력이었다.

"끄응!"

겨우 몸을 추스른 후 기둥을 잡고 자리에서 일어났다.

우지끈!

보기와는 달리 내부가 완전히 부서져 있었기 때문인지 마현이 손을 짚고 일어나자마자 기둥 내부에서 나뭇결이 뒤틀리는 소리가 흘러나왔다. 그러더니 이내 기둥이 반 토막 나며 바닥으로 뒹굴었다.

끼이익— 끼기기긱!

기둥이 무너진 다음 건물 자체가 급속도로 기울어지기 시작했다. 조금 전 무너진 기둥이 건물 자체를 지탱해주는 주기둥이던 모양이었다.

마현은 그 자리에서 재빨리 벗어나려 했지만 이미 머리 위로 건물의 잔해들이 우르르 쏟아져 내렸다.
 이것저것 잴 것도 없이 마현은 최대한 오를 수 있는 허공의 위치로 곧바로 텔레포트를 시전했다.
 콰르르르르!
 마현이 간발의 차이로 건물을 빠져나오자마자 건물은 그 자리에서 폭삭 주저앉았다.
 안도의 한숨을 내쉴 시간적 여유도 없었다.
 파방!
 마현의 기척을 잡은 황사가 어느새 허공으로 몸을 날려 다시금 일장을 내지른 것이다. 하지만 마현은 조금 전처럼 맥없이 당하지는 않았다.
 이미 황사가 엄청난 내력을 숨기고 있었음을 알았기에 그만큼 준비도 하고 있었던 것이다.
 마현은 발등을 발로 찍으며 허공에서 몸을 틀어 황사의 일장을 피했다.
 그리고는 블링크를 이용해 황사의 옆으로 순간이동하는 것과 동시에 그의 뒷덜미를 잡아 아래로 내던졌다.
 "이 땅에 모든 것을 불로 태우리라, 파이어 레인!"
 후우우웅!
 마현의 주위로 상당량의 마력이 들끓었다.
 쑤아아아아앙!

그리고는 아래로 추락하는 황사를 향해 한 무더기의 불덩이를 쏟아 부었다.

콰과과과과과광!

엄청난 양의 불덩이는 순식간에 황사를 집어삼켰다.

"으아아아!"

그 불덩이 안에서 함성이 터져 나오더니 그 어떤 것도 잡아먹을 듯 타오르던 화마가 '퍼석!' 소리를 터트리며 꺼져버렸다. 그로 인해 자욱한 연기가 만들어졌고, 그 중앙에 황사가 서 있었다.

마현의 한쪽 뺨이 씰룩거렸다.

황사의 몸 어느 한 군데에도 그을린 자국은 없었다. 오히려 그의 몸 주위에는 금빛 호신강기가 두텁게 쌓여 있었다. 하지만 투박하기 이를 데 없었다.

그 어떤 깨달음을 통해 일정한 경지로 올라 자연스레 만들어진 호신강기가 아니라는 소리다. 막말로 무식하게 엄청난 내공의 양으로 강제로 만들어낸 호신강기였던 것이다. 또한 저 호신강기를 만들기 위해 낭비되는 내력까지 생각한다면 고개가 절로 저어질 정도였다.

도대체 얼마나 많은 내공을 몸에 쌓으면 깨달음도 없이 저런 호신강기를 만들 수 있을까 싶어 황당하기 그지없었다.

"이노옴!"

황사는 크게 다리를 바닥에 구르며 신형을 띄웠다.

콰앙!

얼마나 강력하게 진각을 밟았는지 먼지가 피어오르는 정도가 아니라 그 울림으로 사방에 널려 있던 돌조각들이 공중으로 비산할 정도였다.

그에 반해 황사의 신형은 빛살처럼 빨랐다.

"아이스 재벌린!"

마현은 뒤로 재빨리 물러나며 연거푸 다섯 발의 얼음창을 만들어 날렸다.

하지만 황사는 그 아이스 재벌린을 그저 몸으로 견디며 순식간에 마현과의 거리를 좁혀 들어와 그의 어깨를 우악스럽게 잡았다.

마현은 황사의 손아귀에서 벗어나기 위해 그의 어깻죽지를 손날로 내려쳤다.

"큭!"

묵직한 고통이 손을 통해 느껴졌다.

하지만 정작 신음은 마현의 입에서 흘러나왔다. 정제되지 못한 투박한 호신강기 정도는 단숨에 부숴 버릴 수 있을 거라 여겼지만 그건 명백한 오판이었던 것이다.

오히려 반발력으로 인해 그 충격이 고스란히 마현에게로 되돌아온 것이었다.

"네놈이 죽어야 내 충정이 폐하께 다다를 것이다!"

이번에는 황사가 마현을 잡아 땅바닥으로 냅다 집어던졌다.

마현은 반항 한 번 하지 못한 채 실 끊어진 연처럼 바닥으로 떨어져야 했다.

콰광, 콰르르르르!

마현은 십여 장이나 날아가 담장을 부숴 버린 것도 모자라 수 장이나 더 나뒹굴고 나서야 겨우 멈출 수가 있었다.

"쿨럭!"

간신히 실드를 치고 호신강기를 일으켰지만 워낙 강한 힘에 찰나에 당한 나머지 제대로 방어하지 못해 상당한 충격을 입은 것이다. 그로 인해 시커먼 피가 한 모금 뿜어져 나왔다.

"주, 주군!"

마현이 신형을 일으키자 흑풍대가 달려와 에워싸며 보호했다.

우연인지 아니면 황사의 의도였던지 마현이 떨어진 곳은 장원 내 전장 한가운데였던 것이다.

황당한 것은 마현뿐만 아닌 듯했다.

마현의 등장에 전장의 싸움이 잠시 멈췄고, 모든 시선들이 마현에게로 모여 있었다.

"이거 체면이 말이 아니군."

사공찬의 노골적인 시선에 마현은 앓는 소리를 속으로 삼키며 자리에서 일어나 몸에 묻은 먼지를 손바닥으로 팡팡 털었다.

콰콰콰광!

그때 마현이 반쯤 부숴 놓은 담장이 와르르 무너지며 황사가 뚜벅뚜벅 걸어 나왔다.

"스승님."

"황사님!"

그러자 장원 내 전장, 마당에 모여 있던 진유림 검사들이 좌우로 퍼지며 길을 내줬다.

"일기토(一騎討)라……."

마현은 입가에 묻은 피를 소매로 쓱 닦으며 황사를 노려보았다.

싸움의 승패를 떠나 호승심이 일어났다.

그 호승심은 투기를 자극했고, 그로 인해 마현의 몸에서는 검은빛 마력이 피어올랐다. 과거 하르센 대륙에서 단기필마로 전장을 누빌 때와는 달리 무림에서는 직접적으로 싸움에 나선 일이 거의 없었다.

거기에 무시할 수 없는 적이 눈앞에 있었다.

"군신 아이벤이 나의 피를 뜨겁게 데워주는구나."

금빛 내력을 거침없이 뿜어대며 한 걸음씩 다가오는 황사를 쳐다보며 마현은 크게 숨을 들이켰다. 그리고는 잠시 호흡을 멈췄다가 천천히 내쉬었다.

가슴 속에서 데워진 숨결이 천천히 흘러나왔다.

"공간을 만들라!"

마현 역시 황사를 향해 천천히 걸음을 내딛었다.

그 명은 마현의 명이기도 했지만 황사의 명이기도 했다. 그렇기에 전장에 뒤섞여 있던 마인들과 진유림 검사들은 잠시 검을 멈추고 중앙에 큰 공간을 만들었다.

그리고 그 중앙에 마현과 황사가 마주섰다.

"무공을 익히지 않은 줄 알았는데 감쪽같이 속았군."

"황제 폐하를 위한 충정이 있다면 그 무엇이 불가능하겠는가? 간사한 세 치 혀로 흐려진 황제 폐하의 용안을 네놈의 수급을 들고 찾아가 개안시키겠노라!"

송겸의 금빛 기운이 더욱 커졌다.

지지직—

그 힘에 마현의 몸이 반 자 가량 뒤로 밀려났다.

정말 기가 차 말이 안 나올 지경이었다. 한 천 년의 내공쯤 쌓으면 저 정도가 될까? 막연히 추측만 할 따름이었다.

"하지만 황제 폐하 앞에 바쳐지는 수급은 네놈의 것이 될 것이라 생각하지는 않았는가?"

마현의 몸을 덮고 있던 묵빛 기운 역시 더욱 커졌다.

"뚫린 입이라고 망발을 함부로 내뱉는구나!"

황사는 크게 발을 내딛으면서 마현을 향해 일장을 내질렀다.

후우우웅, 파방!

마현은 몸을 웅크리며 양손을 교차시켜 황사의 일장을 막았다.

"큭!"

마현의 몸은 뒤로 주르르 밀려나다가 흑풍대원이 뒤를 받치고서야 겨우 멈출 수가 있었다.

"주, 주군."

허무할 정도로 힘에서 밀린 마현을 보며 흑풍대원이 걱정 어린 목소리로 마현을 불렀다.

"괜찮다."

마현은 화끈거리는 양팔을 털며 다시 황사 앞으로 걸어 나갔다. 그런 그의 눈동자는 반짝였고, 입 꼬리는 살짝 말려 올라가 있었다.

보았다.

황사의 치명적인 약점을.

"보아라, 진정한 충심이 만들어내는 것이 무언지!"

"와아아아!"

"황제 폐하, 만세, 만세, 만만세!"

황사의 쩌렁쩌렁한 목소리에 진유림 검사들은 저마다 병장기들을 들고 함성을 질렀다.

'스, 스승님?'

평소 보아온 황사는 지금처럼 패도적이지 않았다. 설령 그런 심성을 가지고 있다고 하더라도 겉으로는 항상 냉정함을 잃지 않았다.

그런 송겸이 지나치게 흥분하고 있는 것이다.

새로운 시작 201

금대치는 불안한 마음에 송겸을 세세히 살폈다. 이내 그의 눈동자는 힘없이 파르르 떨리고 있었다.

붉게 충혈된 눈동자와 뭔가 탁한 듯 뿜어져 나오는 안광, 거기에 관자놀이 부근에서 간간히 불룩불룩 솟아오른 힘줄. 그것은 바로 주화입마 초입임이 분명했다.

'스승님이라서 다를 줄 알았는데……, 나의 불찰이다, 불찰이야!'

금대치는 마현의 입 꼬리가 말려 올라가 있음을 알아차렸다. 그것은 마현도 스승의 상태를 알았다는 뜻일 터.

'말려야 한다, 말려야 해!'

금대치는 마른침을 삼키며 서둘러 앞으로 튀어나갔다.

"스승님, 나머지는 제자가 처리하겠습니다."

"들어가거라."

"스, 스승님!"

금대치는 물러날 수 없었다.

그렇기에 처음으로 스승의 뜻을 완강히 거부했다.

그러자 황사의 고개가 금대치에게로 돌아갔다.

"지금 네가 이 스승의 충심을 왜곡하려는 것이냐?"

"그, 그게 아니오라……."

금대치의 마음은 답답했다.

터놓고 이 상황을 말하려 했지만 보는 눈이 많았다.

"그게 아니라면 이 스승의 충심을 의심하는 게로구나!"

황사의 목소리에 살기가 짙게 들어섰다.

"스, 스승님. 그게 아니······. 으헉!"

금대치는 전음으로 현 상황을 설명하려다가 헛바람을 들이마시며 옆으로 몸을 날렸다.

콰콰광!

"크윽!"

금대치가 서 있던 곳에 강력한 일장이 내리꽂혔다. 다행히 재빨리 몸을 피해 황사의 장풍을 직격으로 맞는 것은 피했지만 그 여파에 휘말린 것이다.

그 여파만으로도 금대치는 내상을 입을 정도였다.

"감히 네가 스승을 가르치려는 것이냐? 썩 물러가거라!"

"그런 것이 아니옵······, 컥!"

금대치는 끝까지 송겸을 말리기 위해 안간힘을 쓰려했지만 다시금 날아온 일장을 가슴에 정통으로 맞고 피를 토하며 정신을 잃어버렸다.

"금 대인, 금 대인."

그 뒤에 있던 천호장 출신 장수가 재빨리 금대치를 안아들었다.

'역시, 내 생각이 맞았군.'

마현은 송겸과 금대치의 일로 어렴풋하게 느꼈던 것, 그건 바로 송겸이 주화입마 초기에 빠진 것이 아닐까였다. 그런데 짐작한 바대로 송겸은 주화입마 초기에 빠져 있었던 것이다.

원인은 여러 가지가 있겠지만 가장 큰 원인은 바로 감당할 수 없는 엄청난 내력을 단시일에 얻은 것이 문제가 된 게 분명했다.

'하지만 단지 그것만이 아니지.'

그보다 송겸이 가진 치명적인 약점을 알아차린 것이다.

마현은 비록 약하지만 최대한 빨리 속사할 수 있는 마나 미사일을 만들어 금대치에게 정신이 팔린 송겸에게 날려 보냈다.

쑤우웅— 펑!

마나 미사일은 송겸의 뺨을 빠르게 스치고 지나며 터졌다.

그로 인해 송겸의 머리를 단아하게 묶고 있던 일자건이 찢어지며 머리가 흐트러졌다.

"이노옴!"

송겸은 분노에 찬 일갈을 터트리며 다짜고짜 마현이 서 있는 곳으로 연거푸 장력을 뿜어댔다.

콰광 콰과과과광!

마현이 서 있던 자리에서 폭음과 함께 먼지와 흙더미들이 사방으로 비산했다. 하지만 마현은 이미 그 자리에서 벗어난 지 오래였다.

송겸의 좌측으로 이동한 마현은 빠르게 마나 미사일을 쏘아댔다.

파방 파바방!

마나 미사일은 송겸의 호신강기에 막혀 힘없이 터졌다.

"쥐새끼 같은 놈이구나!"

송겸은 몸을 틀어 마현이 서 있는 곳으로 몸을 틀며 다시금 장풍을 쏘아댔다.

비록 엄청난 내력을 담은 강력한 장풍임에는 틀림없지만 공격이 너무 단순했다.

마현은 여유롭게 몸을 피하며 다시 마나 미사일을 쏘며 간격을 좁혔다.

그렇게 몇 합의 공방이 오갔다.

'역시 무를 천시하는 학사다운 공격이군.'

마현은 순간순간 위험을 감수하고 허점을 드러냈지만 송겸은 그 허점을 물고 늘어지지 않았다. 오히려 공간을 벌리며 무지막지한 장풍만 쏘아댈 뿐이었다.

송겸은 은연중 몸을 맞대는 것을 기피하고 있었던 것이다.

'거기에 기초가 없는 성은 쉽사리 무너지기 쉬운 법이지.'

급격한 움직임을 보일 때마다 송겸의 몸에서는 고수라면 절대로 드러내지 않을 허점을 드러내고 있었던 것이다.

그런 틈이 드러났을 때 마현은 마나 미사일이 아닌 마나 재벌린을 만들었다.

쑤아아앙!

겉으로 보기에는 마나 미사일과 큰 차이가 없어 보였지만 마나 재벌린이 가진 살상력은 마나 미사일을 훨씬 상회하는 것이었다.

아니나 다를까. 송겸은 지금처럼 호신강기를 믿고 마나 재벌린을 무시하며 마현을 향해 일장을 내질렀다.

하지만 그의 손에서는 장풍이 쏘아지지 않았다.

콰광!

송겸의 오른쪽 겨드랑이 부분으로 날아간 마나 재벌린이 호신강시를 뚫고 그의 옆구리에 가격하며 터진 것이었다.

"크악!"

송겸은 크게 휘청거리며 뒤로 몇 걸음 물러났다. 인상을 찌푸리며 왼손으로 오른쪽 옆구리를 움켜잡았다. 그의 왼손 손가락 사이로 피가 흘러내렸다.

'어, 어떻게?'

송겸의 눈동자가 잠시나마 불안한 듯 요동쳤다.

자신의 호신강기는 천하제일이었다. 그런데 그 호신강기가 뚫렸다.

사실 마현의 그 어떤 강력한 마법이라도 송겸의 호신강기를 뚫기란 쉽지 않은 일이었다. 하지만 그의 손발이 흐트러지며 자연스레 호신강기를 이루는 내공의 흐름도 맥이 탁탁 끊긴 것이다. 그로 인해 찰나 동안 벌어진 틈을 마현이 공략한 것이었다.

그 사실을 알 리가 없는 송겸은 자신감이 한풀 꺾인 듯 주저하는 모습이었다.

하지만 송겸은 얼굴을 굳히며 다시 마현을 향해 한 걸음 더 내딛었다.

쿠우우우우—

그런 송겸의 몸에서는 조금 전보다 더 강한 내력이 분출되었고, 호신강기 역시 배나 더 두꺼워졌다.

'드래곤이 아닌 이상, 아니 드래곤도 무한정 마나를 쓸 수 없는 법.'

마현은 서클 단전에서 마력을 끌어올렸다.

'흔들 수 있을 때, 더 강하게 흔들어라!'

마현은 오른손 위에 마나 미사일을 만들면서 왼손에는 상처악화 마법인 운드 애그러베이션 마법을 시전했다. 그리고 마나 미사일 뒤에 운드 애그러베이션 마법을 붙여 날렸다.

쑤아아앙!

송겸은 굳은 표정으로 기합을 터트리며 왼손을 휘둘러 마나 미사일을 막았다. 하지만 그 뒤에 숨어 있던 상처악화 마법을 담은 검은 마력은 암기처럼, 혹은 독처럼 송겸의 몸에 스며들었다.

푸학!

그러자 송겸의 오른쪽 옆구리에 만들어진 상처가 더욱 벌어지며 피를 내뿜었다.

"크흑!"

송겸은 다시금 신음을 삼키며 휘청거리는 몸을 애써 꼿꼿이 세웠다.

 송겸의 표정은 눈에 띄게 경직되어 있었다. 눈썹과 뺨에 경련이 일어나는가 싶더니 송겸의 몸에서는 조금 전보다 더 강한 내력이 분출되었다.

 쿠오오오오오!

 한층 배나 두터워진 호신강기를 내뿜는 송겸의 모습에 마현의 등에서는 식은땀이 주르르 흘러내렸다.

 괴물도 이런 괴물이 없을 것이다.

 정말 어디서 드래곤 하트를 하나 삼켰나 싶을 정도로 송겸이 내뿜는 내력은 가히 무시무시했다.

 사방으로 휘몰아치는 송겸의 내력에 마치 거센 태풍이라도 일어난 것처럼 주변의 사물들이 그 힘을 이기지 못하고 사방으로 흩날릴 정도였다.

 내력이 약한 자들은 아예 제 힘으로 버티지 못하고 담장이나 땅에 깊게 박힌 사물들을 이용해 버틸 정도였다.

 하지만 송겸의 얼굴도 눈에 띄게 창백해져가고 있었다.

 그만큼 그도 무리하고 있다는 뜻이다.

 또한 그도 인간인 만큼 한계가 있다는 뜻이기도 했다.

 그렇지만 더욱 조심해야 했다.

 저 힘에 스치기만 해도 상당히 중한 상처를 입을 수 있기 때문이었다. 마현은 조심스럽게 송겸을 향해 걸음을 내딛었다.

　　　　　＊　　　＊　　　＊

중경부 지부집무실 앞.

조자경이 초조한 듯 좌우로 서성이고 있었다.

황사가 일으킨 이 사건은 역모로 몰아가도 하등 문제가 없을 정도로 심각한 일이었다. 그런 어마어마한 일을 마현과 걸왕에게 위임한 것이다.

힘겹게 황사의 추종 세력을 견제하며 세를 불리고 있는 조자경의 입장에서는 새로운 정적이 나타날 수도 있는 일인 것이다.

비록 마현과 걸왕이 조정에 뜻을 두지 않는다고 해도 황제가 그들을 거두고자 하면 손을 쓸 방법이 없었다. 비록 명예직이라고는 하나 그들은 대장군 직위를 가졌기 때문이었다. 거기에 권한과 녹봉이라도 쥐여 준다면 단숨에 요직을 차고앉을 위치인 것이다.

더욱이 중경으로 떠나기 전날, 박인태 환관으로부터 황제가 내심 마현을 부마도위 자리도 은근히 생각하고 있다는 소식까지 들은 후였다.

거기에 마현과 걸왕은 혈혈단신이 아니다.

그들 뒤에는 엄청난 힘을 가진 무림이 버티고 있다.

만약 마현과 걸왕이 황제의 뜻을 받아들이고 조정 출사를 마음먹는 순간, 그 누구도 쉽게 건드릴 수 없는 거물이 되는 것이다. 거기에 무림인이라는 것을 이용해 군부까지 손을 뻗는다면……

조자경은 몸을 바르르 떨었다.

'막아야 한다. 그런 일이 벌어지는 것만큼은.'

조자경이 주먹을 억세게 말아 쥘 때 지부 백이량이 헐레벌떡 뛰어 들어왔다.

"조 도독님."

"쉿!"

조자경은 입술에 손가락을 대며 주위를 살폈다. 그리고는 백이량을 구석으로 데리고 갔다.

"어떻게 되어가고 있던가?"

"무림맹은 곧 무너질 것 같사옵고, 구금상단 장원의 일은 자세히 알 수는 없지만 조만간 결판이 날 것 같사옵니다."

"자네가 보기에는 어떻던가?"

"……?"

"허어, 이런 딱한 친구를 보았나? 구금상단 장원 말일세. 자네가 보기에 어떻게 될 것 같나 말일세."

백이량은 조자경의 물음에 쉽게 대답하지 못했다. 하지만 눈을 부라리고 있는 조자경의 시선에 백이량은 수하들의 보고를 애써 조합하여 추측해야만 했다.

"……아무래도."

"아무래도?"

"무림맹처럼 되지 않을까 싶습니다."

"흠……."

조자경은 수염을 쓰다듬으며 침음성을 삼켰다.

"그렇단 말이지?"

"하오나 정확한 건 아니옵고……, 아무래도 황제 폐하의……."

"됐네. 수고했네."

조자경은 백이량을 돌려보낸 후 잠시 그 자리에 머물며 생각에 깊게 잠겼다. 그러다가 서둘러 지부집무실로 들어갔다.

황제 역시 초조한 듯 자리에 앉지 못한 채 창문 너머로 시선을 주고 있었다.

"폐하."

"결말이 났느냐?"

황제는 급히 몸을 돌리며 빠르게 물었다.

"그건 아니오나……, 곧 승패가 결정될 듯하옵니다."

"어디더냐?"

"당연히 황제 폐하의 뜻이 곧 하늘의 뜻이 아니겠습니까?"

조자경의 말에 황제는 안도의 한숨을 내쉬며 의자에 털썩 주저앉았다.

"그러하냐?"

황제가 탁자에 놓인 식은 찻잔을 들어 목을 축일 때 조자경이 종종 걸음으로 그의 앞에 다가서며 엎드렸다.

"폐하."

황제는 찻잔을 내려놓으며 조자경을 내려다보았다.

"신이 한 말씀 올려도 되겠나이까?"

"말하라."

"황제 폐하의 넓은 아량을 보여주는 것도 좋을 거라 사료되옵나이다."

"무슨 뜻인고?"

"황망한 말이오나, 신 조자경 한 말씀 올리겠나이다. 이대로 황사의 목이 잘린다면 아마 그동안 황사로 인해 숨을 죽여야 했던 많은 신료들이 역모 사건으로 내몰아 대대적인 피의 숙청을 하려 할 것이옵니다."

"이 기회에 그러는 것 또한 나쁘지 않다."

황제는 매몰차게 말했다.

"신 또한 그리 생각하옵니다. 하오나 그리 된다면 황제 폐하의 손에 불결한 피가 묻게 되지 않을까 걱정이 태산처럼 밀려오나이다. 하여 황사에게 온정을 베푼다면 그를 따르던 이들도 폐하의 성은을 기리며 온전한 폐하의 신하로 돌아가지 않을까 하옵니다. 더불어 황사에게 적절한 벌을 내리신 후 그의 그늘을 조정에서 치워버리면 그 그늘에 숨을 죽였던 이들 역시 들어내 놓고 역모를 논하지는 못할 것이옵니다. 그런 그들을 폐하께서 은근히 떠받들어준다면 그들은 폐하의 은덕을 소리 내어 노래를 부를 것이옵니다."

"흠……."

황제는 조자경의 말에 나직한 침음성을 내뱉으며 깊게 고심했다.

안 그래도 요즘 황사의 파벌들을 이 사건을 빌미로 조정에서 가차 없이 쳐내려 마음을 먹고 있었다.

'하지만······.'

황제는 감았던 눈을 슬며시 뜨며 바닥에 엎드려 있는 조자경을 내려다보았다.

'그들을 끌어안아라······, 동시에 그의 적들도 안아라.'

황제의 고심은 더욱 깊어졌다.

'모두가 진정한 나의 신하가 된다. 그리된다면 이 무능함을 훌훌 벗어버릴 수가 있음이리라.'

긴 고심을 끝낸 황제가 의자의 팔걸이 부분을 꽉 움켜잡은 후 자리에서 일어났다.

"중경에 주둔하고 있는 모든 군사들을 집결시켜라. 짐이 친히 전장으로 갈 것이다."

"폐하! 성은이 망극하나이다!"

조자경은 머리를 바닥에 쿵 찧으며 목청껏 소리쳤다. 그런 그의 얼굴에는 희색이 만연했다.

* * *

콰과광!

엄청난 힘을 동반한 일장이 내뿜어졌다.

"으아아악!"

"사, 사람 살려!"

그 일장에 휘말린 몇몇 진유림 검사들이 피를 토하며 쓰러졌다.

우지끈, 콰르르르!

이어 자그만 전각 하나가 모래성처럼 힘없이 무너졌다.

무림문파를 이끄는 오대세가와 비교되어도 부족함이 없을 정도로 엄청난 크기를 자랑하는 구금상단 장원의 절반이 무너지며 완전히 쑥대밭이 되어버렸다.

송겸의 무자비한 폭격이 만들어낸 결과였다.

문제는 그 공격의 여파로 수많은 이들이 다치고 죽었다는 것이었다. 하지만 송겸은 그런 사실을 인지하지 못한 채 오로지 마현만을 악착같이 주시하고 있다는 것이다.

"이 쥐새끼 같은 놈! 내 기필코 일장에 너를 쳐 죽여 버릴 것이다!"

분노에 치를 떨며 일갈을 터트리는 송겸의 몸은 망신창이가 되어 있었다.

머리카락은 봉두난발이 되어 바람에 흩날리고 있었고, 단아하던 학사의는 찢어져 피로 물들어 있었다. 지나가는 이가 그런 송겸을 본다면 광인이라고 손가락질해도 하등 이상하지 않을 정도였다.

하지만 진짜 문제는 그게 아니었다.

주화입마로 생겨난 광기가 어느새 송겸의 뇌리를 잠식해 들어가고 있다는 것이었다.

그런 송겸의 눈에는 새하얀 세상에 오로지 마현만 보이고 있었던 것이다.

"죽어라!"

송겸은 마현을 향해 다시 일장을 내질렀다.

마현은 허공으로 몸을 날리는가 싶더니 텔레포트를 이용해 송겸의 등으로 순간이동했다.

아니나 다를까. 서서히 광인이 되면서 이성보다는 본능에 충실해지는 송겸은 마현이 뛰었던 허공으로 일장을 내지르고 있었던 것이다.

마현은 오한으로 흐르는 식은땀을 닦을 여유도 없이 송겸의 무릎을 향해 마나 재벌린을 날렸다.

콰광!

무릎에서 피가 튀며 송겸의 몸이 앞으로 꺾였다. 마현은 이때를 놓치지 않고 상처악화 마법을 이용해 그 상처를 더욱 깊고 크게 만들었다.

푸학!

송겸의 무릎에서 피가 튀었다.

그러는 와중에도 송겸은 몸을 팽그르르 돌려 마현을 향해 무시무시한 일장을 내질렀다.

"헉!"

마현은 마라환영보를 이용해 재빨리 뒤로 물러났다.

콰과광!

하지만 온전히 피할 수 없어 충격에 신음하며 입가로 한 줄기 피를 흘려야 했다. 피를 닦으며 공간을 벌리는 마현의 표정은 전과 달리 딱딱하게 굳어 있었다.

시간이 갈수록 송겸의 몸에서 큰 허점들이 자주 드러났지만 그만큼 장풍의 위력도 강해져갔다.

이건 마치 사람이 아닌 최강의 생명체라고 일컬어지는 드래곤과 싸우는 듯한 기분이 들 정도로 섬뜩한 싸움이었다. 이 정도면 내력이 고갈될 법도 하건만 그런 기색은 전혀 보이지 않았다.

오히려 송겸은 앞뒤 가리지 않고 더욱 저돌적으로 몰아치기 시작한 것이었다.

'이대로는 안 된다!'

마현은 입술을 질끈 깨물며 소리쳤다.

"모두 장원에서 벗어나라!"

마현의 명에 흑풍대를 비롯해 마교의 세력들과 새외 이궁의 세력이 빠르게 장원에서 벗어나자 기다렸다는 듯이 진유림 검사들도 장원에서 벗어나기 시작했다.

그러는 와중에도 송겸의 공격에 몇몇 무인들이 명을 달리했다.

'힘들겠지만 힘으로 눌러야 한다!'

마현은 이제껏 위력이 너무 강해 사용하지 않았던 마법을 꺼내들었다.

"세상의 모든 것을 지탱해주는 근원인 땅이여, 슬피 울어라, 어스퀘이크(Earthquake)!"

그그극, 크그그그극!

마현이 서 있는 땅을 중심으로 지축이 뒤흔들렸다.

마치 파도가 치듯 땅거죽이 요동쳤다. 그로 인해 그나마 위태위태하게 서 있던 나머지 전각들마저 와르르 무너졌다. 그리고 그 여파에 송겸은 휘청거리다가 땅바닥에 주저앉았다.

신법을 제대로 익히지 않은 탓이다.

그 사이 마현은 허공으로 튀어 올라섰다.

통할지는 미지수였지만 마현은 마력을 극성으로 끌어올렸다. 그리고 막 공격 마법을 시전하려는 그때였다.

둥 둥 둥 둥 둥—

장엄한 북소리가 들렸다.

"황제 폐하, 납시오! 황제 폐하, 납시오!"

내력이 담긴 목소리도 이어서 들려왔다.

'화, 황제 폐하?'

마현은 너무 놀라 송겸에게 공격 마법을 날릴 생각도 못하고 고개를 돌렸다. 무너진 장원의 담장 너머로 천여 명의 군사와 함께 '황(皇)' 자가 적힌 누런 깃발이 펄럭이고 있었다.

이 황당함에 마현은 잠시 멍하니 황제를 상징하는 깃발을 쳐다보다가 뒤늦게 정신을 차리고 안력을 돋워 황제의 깃발 아래를 살폈다.

 정말 황제가 금빛 갑옷을 입은 채 말을 타고 있었다. 그리고 그 옆에는 조자경이 나란히 말을 몰고 있었다. 도대체 무슨 말을 주고받는지는 모르나 조자경은 쉴 새 없이 말을 떠들고 있었다.

 '대체 무슨 정신으로……'

 이 모든 일은 조자경이 꾸몄을 것이 분명했다.

 보나마나 자신을 경계한다고 이런 위험한 곳으로 황제를 데리고 왔을 터.

 당황한 것은 비단 마현뿐만이 아닌 듯했다.

 송겸도 멍하니 황제의 깃발을 보고 있었다.

 그때였다.

 "죄인 송겸은 순순히 오라를 받아라!"

 장원 근처까지 다가온 황군 사이에서 조자경이 말을 몰아 앞으로 튀어나와 소리쳤다.

 비록 큰 소리는 아니었지만 마현에게 들릴 정도이니 송겸도 들었을 터.

 "으하하하하하!"

 그 소리에 송겸이 광소를 터트렸다.

 "지금 내게 죄인이라고 했느냐?"

송겸은 그 자리에서 박차고 일어나 조자경을 향해 몸을 날렸다.

"간사한 세 치 혀를 놀리는 네놈부터 죽여주마!"

송겸이 조자경의 지척으로 날아간 것은 순식간이었다.

푸히이잉!

송겸의 기세에 말이 놀라 마구 날뛰었다. 그러자 송겸은 말에서 떨어져 내렸다.

"어허헉!"

그리고 송겸의 살벌한 기세에 눌려 얼굴이 하얗게 탈색되었다.

파방!

송겸은 말에서 떨어진 조자경을 향해 매서운 장풍을 날렸다.

'젠장!'

그 모습에 마현은 입술을 깨물었다.

송겸은 지금 온전한 정신을 가지고 있지 않았다. 그렇기에 송겸은 지금까지 그랬던 것처럼 혼신의 힘을 실어 장력을 내지른 것이었다.

그 장력은 조자경 하나만으로 끝날 정도가 아니었다.

그 위력은 황제까지 집어삼킬 정도로 무시무시했다.

마현의 신형이 그 자리에서 사라졌다.

그리고 다시 모습을 드러낸 곳은 조자경 바로 앞이었다.

자신의 손으로 때려 죽이고 싶은 자였지만 어찌되었든 송겸의 손에 죽게 놔둘 수는 없었던 것이다.

마현은 호신강기로 몸을 보호하는 동시에 실드를 겹겹이 씌웠다.

하지만 송겸의 힘을 이기지 못했다.

실드는 힘없는 유리처럼 산산 조각났다.

어느 정도 힘이 소진되었지만 여전히 힘이 살아있는 장력이 마현의 가슴을 후려쳤다.

"커억!"

마현은 입에서 피를 뿌리며 뒤로 날아갔다.

다행히 마현이 송겸의 힘을 완전히 막아준 덕분에 조자경은 그저 먼지만 뒤집어쓸 뿐이었다.

하지만 이미 혼을 상실한 조자경의 바짓가랑이는 축축이 젖어 있었다.

"주, 주군!"

쓰러진 마현 주위를 흑풍대가 에워쌌다.

"쿨럭, 쿨럭!"

마현이 몸을 일으키며 검은 피를 토할 때 흑풍대는 300구의 스켈레톤을 어둠에서 깨워 송겸을 막아섰다.

"무, 물러나라!"

"하오나 주군."

"명이다! 너희들까지 나서면 일이 더욱 커진다!"

마현은 깊은 내상을 입은 것 때문인지 입가로 흐르는 피가 멈추지 않았다. 한 걸음 한 걸음 내딛을 때마다 창자가 끊어지는 듯한 고통이 뒤를 이었지만 마현은 흑풍대를 벗어나 송겸 앞으로 걸어 나갔다.

"폐하, 정녕 소신이 죄인이오이까?"

송겸은 온몸을 부들부들 떨며 발악하듯 소리쳤다.

"네, 네 이노옴! 뭣들 하느냐, 저 죄인을 포박하지 않고!"

그제야 정신을 차린 조자경이 고래고래 소리쳤다.

송겸은 그런 조자경에게 단숨에 달려가 주먹을 휘둘렀다.

"으아악!"

퍽!

조자경은 머리가 두부처럼 단번에 으깨져 그대로 절명했다. 그렇게 피를 온몸에 두른 송겸은 터벅터벅 황제에게로 걸어갔다.

척척척척!

그러자 황제 곁에 있던 군사들이 송겸을 향해 창을 내밀었다.

"폐하, 정녕! 정녕! 소신이 죄인이오이까?"

"그대는 또 한 명의 황제를 꿈꾸지 않았느냐!"

황제는 송겸의 힘에 두려움을 느낀 나머지 본능적으로 몸을 떨었지만 목소리만큼은 위엄을 잃지 않았다.

"한평생, 아니 스승님과 대스승님까지 삼대에 걸쳐 오로지 황제 폐하만을 모셨사옵니다. 그런데! 그런데! 어찌 소신에게 이럴 수 있나이까?"

"아니란 말이냐?"

황제는 진노한 목소리로 화답했다.

"짐은 신하들의 주군인 줄 알았다. 그런데 조정 태반의 신하들의 주군은 짐이 아니라 너더구나!"

"억울하옵니다. 어찌……."

"허나 너의 충심을 모르지 않기에 죽음만은 내리지 않겠다. 그러니 오라를 받아라!"

황제의 말에 송겸은 힘없이 무릎을 꿇었다.

그의 눈에는 하염없이 눈물이 흐르고 있었다.

"차라리 죽겠나이다! 이 목숨으로 충정을 보여드리겠나이다! 허니 마지막으로 충언을 올리나니, 무림을…… 무림을 반드시 황제 폐하의 충성스러운 병사로 만드시옵소서!"

"허어! 아직까지 헛된 망상을 버리지 못한 것이더냐! 무엇하느냐, 어서 저 죄인을 포박하지 않고!"

황제의 질타에 송겸은 눈을 감았다.

"허허, 허허허허!"

송겸은 허탈한 웃음을 터트렸다.

"으하하하하하하!"

그 웃음은 다시 광소로 바뀌었다.

"인생은 허망한 것이라고 하더니 선인들의 말씀이 틀린 것이 하나 없구나. 주군에게서 버림 받은 신하는 부모에게 버림 받은 아이나 다름없으니 살아서 무엇하리!"

송겸의 눈에서는 광기가 어른거렸다.

"죽자! 다 죽자! 죽으면 주군도 신하도, 부모도 아이도 없지 않겠는가? 으하하하하하!"

송겸의 몸이 서서히 부풀어 오르기 시작했다.

그런 그의 주위로 엄청난 내공의 회오리가 치솟아 오르기 시작했다.

송겸이 작정하고 내력을 폭발시킨다면 여기 있는 모든 이들이 죽는다.

자신은 물론이요, 황제까지!

"뭣들 하는 건가! 황제를 보호하라! 너희들이 진정으로 모시는 황제 폐하가 아니냐!"

마현의 고함에 머뭇거리던 진유림 검사들이 달려들어 황제의 주위를 겹겹이 에워쌌다.

"무, 무슨 일이냐!"

황제의 외침을 들으며 마현은 송겸의 머리 위로 몸을 띄웠다.

내상으로 신형이 휘청거렸지만 마현은 이를 악물고 버텼다. 그리고 마력을 최대한 끌어올렸다.

그로 인해 겨우 잠잠해진 내상이 다시 도져 그의 입가로 피가 다시 흘러내렸다.

"황제 폐하를 보호하라, 어서!"

마현은 마인들에게도 그리 명하며 마력을 송겸이 앉아 있는 땅으로 집중시켰다.

송겸이 앉아 있는 주변으로 마법진이 만들어지기 시작했다.

바로 워프 네비게이션 마법진이었다.

정확한 좌표는 없지만 일단 송겸을 멀리 떨어진 곳 어느 허공으로 날려버릴 생각이었다.

'반드시 성공해야 한다! 아니면 모두 죽는다!'

이미 몸이 부풀어 오를 대로 부풀어 오른 송겸을 내려다보며 마법진에 집중했다.

"주, 주군!"

흑풍대주 왕귀진의 소리가 들렸지만 마현은 무시하며 마법진에만 집중했다.

어렵게 간신히 마법진을 완성시킨 바로 그때였다.

쿠오오오오오!

마법진에 마현, 자신의 마력뿐만 아니라 송겸 주위로 휘몰아치는 내력까지 스며들며 폭주하기 시작했다.

콰과과과과광!

마침내 송겸의 몸이 터졌다.

그의 피와 살점, 그리고 조각난 뼛조각들이 엄청난 내력과 함께 사방으로 휘몰아치다가 마법진으로 스며들었다. 그리고 마법진 중앙으로 붉은 기둥이 치솟아 올랐다.

"으아아아악!"
마현은 피를 토하며 정신을 잃었다.
"주, 주군!"
콰과과과과과과광!
마법진이 어마어마한 폭음과 함께 폭발했다.
그 폭발 속으로 십여 명의 흑풍대가 뛰어들었다.

하르센 대륙

"끄허어억!"

마현은 힘겹게 숨을 터트렸다.

마치 심해에 빠져 오랜 시간 숨이 막혔다가 힘겹게 트인 것처럼 숨이 터졌다. 동시에 온몸이 난도질당하는 것처럼 지독한 고통이 수반되었다.

"끄으으으."

살점이 하나하나 뜯겨나가는 듯한 고통에 몸부림칠 때 누군가가 부축하는 느낌이 들었다. 여전히 정신이 혼미한 탓인지, 아니면 오랜 시간 혼절한 탓인지, 누구인지 알아보기는커녕 사방이 온통 뿌옇게 보였다.

"이보게, 정신이 드는가?"

그는 약간 벌어진 마현의 입 속으로 물을 흘려 넣었다.

분명 입 안에서는 시원한 물이건만 목구멍으로 넘어가는 순간 펄펄 끓는 듯한 쓰라림이 느껴졌다.

그 고통에 몸부림을 치자 한껏 머금었던 대부분의 물은 입 밖으로 흘러내렸다.

"마시게, 마셔야 산다네!"

그러자 그는 마현의 머리를 팔과 손으로 강하게 고정시키며 물주머니를 입 안으로 억지로 우겨넣었다.

"밀러. 그렇게까지 할 것 있소? 우리 목숨도 장담하기 힘든 지경인데……."

또 다른 낯선 목소리가 마현의 귀로 들려왔다.

살기 위해서는 물을 마셔야 한다는 생각에 어렵게 물을 들이켜던 마현의 목울대가 움직임을 딱 멈췄다. 그로 인해 물이 입 밖으로 철철 넘쳐 흘렸다.

마현은 순간 자신의 귀를 의심했다. 낯선 사내의 목소리, 아니 정확히는 그가 말하는 언어가 그의 흐려지려는 의식을 팽팽하게 잡아당기고 있었다.

"제이든, 너무 그러지 말게나. 어디 소속인지는 몰라도 아군이지 않은가?"

"아군인지 적군인지 어떻게 압니까? 어디 소속인지 표식도 없는데."

고통에 몸부림치던 마현의 몸이 벼락이라도 맞은 것처럼 몸이 뻣뻣해졌다. 초점조차 잡히지 않던 흐릿한 눈동자가 중심을 잡으며 눈앞의 사물들이 희미하게 그 실체를 드러내고 있었다.

"이보게, 이보게!"

그런 몸의 변화를 느낀 것인지 밀러는 황급히 마현을 내려다보았다. 그런 밀러의 눈동자가 살짝 커졌다.

그저 흔하지 않은 새카만 머리카락을 가지고 있다고 생각했는데 눈동자까지 검은 색이었던 것이다. 마현처럼 새카만 눈동자는 밀러도 오늘 처음 본 것이다.

그렇게 밀러가 잠시 놀란 사이, 마현은 그의 손길을 뿌리치며 자리에서 벌떡 일어났다. 하지만 한눈에도 마현의 몸은 정상이 아니었다. 그리고 눈에 보이지 않는 내부는 현재 더 심각한 상황이었다.

그런 마현이 자신의 의지대로 멀쩡히 서 있을 수는 없는 법.

몸의 무게를 지탱하지 못한 무릎 한쪽이 꺾이며 무너지려는 것을 밀러가 달려와 가까스로 마현을 부축했다.

마현의 눈길은 그가 서 있는 곳에서 가까운 곳에 위치한 모닥불로 향했다. 그 모닥불 주위로 세 명의 사내와 한 명의 여인이 옹기종기 모여 앉아 있었다.

갑작스러운 마현의 행동 때문이었을까. 그들도 마현을 빤히 쳐다보고 있었다. 그렇게 잠시 사람들과 눈을 마주친 마현은 고개를 돌려 자신을 부축하고 있는 밀러라는 사내에게로 고개를 돌렸다.

곱실거리는 갈색 머리카락에 진녹색 눈동자를 가진 밀러는 분명 중원인이 아니었다. 그렇다고 이역의 색목인이라고 생각하기에는 밀러가 입고 있던 로브가 너무 크게 다가왔다.

"……마법사?"

목소리가 갈라져 쉬쉬거리는 음색으로 마현이 힘겹게 입을 열었다. 그 물음에 밀러는 어색한 웃음을 지으며 고개를 끄덕였다.

"이곳은 어디요?"

"어디기는 어딘가? 몬테팔코 왕국과 브루넬로 왕국의 전선이 아닌가?"

밀러가 미간을 살짝 찌푸리며 현 상황을 간략하게 설명해주었다.

단단하게 고정되어 있던 마현의 흑안이 파르르 떨렸다.

"크허억!"

몸이 좋지 않은데다가 무리하게 몸을 움직이고 심력을 소비한 탓인지 마현은 족히 한 바가지는 될 법한 피를 쏟아냈다.

"이럴 수는……, 이럴 수는 없……. 크허억!"

그리고는 힘없이 밀러의 품으로 쓰러지며 혼절했다.

"내 이럴 줄 알았어. 거 내가 뭐라고 그랬습니까? 딱 봐도 정신 나간 놈인데……, 가뜩이나 제 한 몸 건사하기 힘든 전쟁

중에 혹 딴 일 있습니까?"

제이든이 불만스러운 표정으로 툭 내쏘았다.

"제이든."

그때 반대편에 앉아 있는 케이슨이 못마땅한 표정으로 일관하고 있는 제이든을 조용한 목소리로 불렀다.

"왜요, 대장."

"일단 사람은 살리고 봐야 하지 않겠나? 아군이면 좋고, 적이면 그때 포로로 잡아들여도 상관없지 않을까?"

케이슨은 용병대 대장답게 부드러운 목소리로 그를 타일렀다. 그래도 자신이 몸담은 용병대 대장의 말 때문이었을까? 제이든은 더 이상 불만을 토해내지는 않았다. 하지만 여전히 불만 가득한 표정을 하고서 불쏘시개를 신경질적으로 휘저으며 모닥불에 화풀이를 하고 있었다.

그 모습에 밀러는 담담한 미소를 지으며 마현을 등에 업으려 했다.

"밀러, 제가 하죠."

모닥불에 앉아 있던 자브라가 자리에서 일어났다.

그녀는 이 용병대의 유일한 여인이었다.

"결국 나보고 하라는 소리구만."

그러자 덩치가 큰 그레오가 자브라의 어깨를 짚어 자리에 앉히며 일어났다.

"부탁해요, 그레오."

자브라는 그런 그레오에게 눈웃음을 지었다.
그러자 그레오는 쑥스러운 듯 뒷머리를 긁적이더니 밀러에게로 다가갔다.
"제가 하겠습니다."
"그래 주겠는가? 고맙네."
밀러의 웃음에 그레오는 다시 한 번 머리를 긁적인 후 마현을 받아들었다.
"웃차!"
큰 덩치에 어울리게 그레오는 가볍게 마현을 어깨에 들쳐 업었다.
"일단 내 야전침상으로 부탁하네."
"알겠습니다, 밀러."
그레오가 막 마현을 업고 군막으로 들어가려던 때였다.
"그레오 형."
대략 이십 대 초반으로 보이는 청년이 어깨에 한 무더기의 짐을 메고 뒤뚱뒤뚱 걸어오며 그레오를 불렀다.
청년은 이 용병대의 막내이자 그레오의 친동생인 야숍이었다.
"그게 다 뭐냐?"
"필요할 것 같아서 야전침상 하나를 얻어왔어. 그리고 자브라 누나, 여기 이것 좀 받아줘요."
야숍은 들고 있던 나무로 만든 두 개의 양동이를 자브라에게 넘겼다. 그 양동이 안에는 딱딱한 빵들과 묽은 스프가 담겨 있었다.

밀러는 마치 가족과도 같은 용병대원들을 보며 미소를 지었다.

그가 몸담고 있는 용병대, 대부분 용병대가 다 그렇지만 지금의 용병대를 이끄는 케이슨의 이름을 따 만든 케이슨 용병대는 소규모라고 말하기에도 부끄러울 정도로 규모가 작았다. 전체 인원이라고 해봐야 그 자신까지 합해 겨우 여섯 명뿐이었다.

하지만 용병들 세계에서는 나름 꽤나 이름이 알려진 용병대였다.

용병대장 케이슨과 밀러는 용병 중에서도 흔하지 않은 A급 용병이었으며, 그 외 용병 일을 배우고 있는 야솝을 제외한 제이든과 그레오, 자브라는 모두 B급으로 상당한 실력자들이었다.

그리고 실력이 없다고 해서 야솝이 애물단지는 아니었다. 비록 용병대에서 막내이고 궂은일을 도맡아 하며 용병 일을 배우고 있긴 하지만 얼마 전에는 C급으로 승격할 만큼 이제는 제법 노련한 용병으로 성장하고 있었다. 즉 막내인 야솝의 실력도 규모가 큰 용병대에 들어가면 십부장 자리쯤은 너끈히 차고앉을 정도였다.

소규모였지만 내실만큼은 어느 용병대에도 뒤지지 않을 정도로 상당한 전력을 가진 케이슨 용병대였다.

* * *

"큭!"

다음 날, 이른 아침.

마현이 미약한 신음을 흘리며 눈을 다시 떴다.

어제보다는 그나마 한결 낫지만 그래도 상당한 고통을 느끼며 마현은 야전 침상에서 몸을 일으켰다.

'꿈이 아니었군.'

마현은 주위를 둘러본 후 입가에 쓰디쓴 웃음을 지으며 길게 숨을 들이마셨다.

하르센 대륙이다.

복수를 위해 그토록 다시 오고 싶어 했던, 바로 그 땅이었건만…….

이건 아니었다.

정말로 아니었다.

마현은 허리를 숙이며 얼굴을 손에 파묻었다.

무림에서의 일이 주마등처럼 머릿속을 흘러지나갔다. 소중한 사람들이 하나둘씩 떠올랐다. 그 정점에는 아버지나 다름없는 스승 허진이 있었고, 가슴을 시리게 만들 정도로 사랑하는 설린이 있었다.

비록 5년 남짓한 시간이었지만, 중원에서 보낸 기억들은 하르센 대륙의 몇 십 년보다 더 소중한 시간이었다.

그런데 또다시 세계가 바뀐 것이다.

이 빌어먹을 인생을 저주하고 싶었다.

하지만 그런 분노는 그리 오래 가지 않았다.

어차피 한 번 겪었던 일이다.

마현은 망연자실해 봐야 달라질 것은 없다는 사실을 누구보다 더 잘 알고 있었다. 자의든 타의든 하르센 대륙에서 중원으로 갔다가 다시 돌아왔다.

그렇다면 다시 돌아갈 수 있다는 뜻이다.

그 방법을 알 수는 없지만 아주 희망이 없는 것은 아니다. 비록 중간에 의식을 잃었다지만 순간이동 마법진이 황사의 내력과 뒤섞이며 증폭한 것을 이미 경험한 상태였다.

그만한 힘만 얻으면 된다.

8서클, 아니 드래곤 고유의 영역이라고 할 수 있는 9서클까지 오른다면 다시 돌아갈 수 있을 것이다.

중원에 대한 생각은 잠시 잊기로 했다.

어차피 황사가 죽었으니 모든 일들은 순조롭게 마무리 될 것이다.

'당장 할 수 있는 것부터 하자!'

마현은 여섯 명의 백마법사를 떠올렸다.

'기다려라, 중원으로 가기 전 네놈들의 목을 따줄 테니.'

마현의 눈동자는 심해처럼 깊고 차가워졌다.

그렇게 마음을 다잡은 마현은 야전침상에서 몸을 일으켰다. 어긋난 뼈 마디마디와 기혈이 엉킨 내부가 고통에 비명을 내질렀지만 마현은 아무것에도 의지하지 않고 자리에서 일어났다.

'밀러라고 했던가?'

마현은 의식을 잃기 전 자신을 돌봐준 마법사를 떠올렸다.

일단 그를 만나야 했다.

지금이 몇 년도인지, 이곳이 정확히 어디인지, 그리고 그 여섯 마법사들이 어떻게 지내고 있는지……, 그를 통한다면 알아낼 수 있을 것이다.

다만…….

'반드시 살아있어라, 그리고 이왕이면 많은 것을 가지고 있어라. 그래야만이 이 빌어먹을 인생에 자그만 선물을 줄 수 있으니까 말이다.'

마현은 힘겹게 걸음을 내딛어 군막을 벗어났다.

복잡한 마음을 식혀줄 시원한 바람을 기대했지만 마현의 코끝을 가장 먼저 찌른 것은 비릿한 혈향이었다.

그의 눈앞에 펼쳐진 광경은 많은 군막들과 그 사이 사이에 피워진 모닥불, 그리고 그 주변을 오가는 용병들이었다.

한눈에 이곳이 전장임을 깨달았다.

'아직 백년전쟁이 끝나지 않은 것인가?'

하지만 그건 어디까지나 추측일 뿐, 정확한 것은 아직 모른다. 마현은 밀려드는 의문과 상념들을 우선 접어두고 밀러를 찾았다.

"일어났는가?"

마현이 찾던 밀러의 목소리가 등 뒤에서 들려왔다.

고개를 돌려 보니 자신이 있던 군막과 그 옆에 세워진 군막 사이에 모닥불이 피워져 있었고, 밀러와 어제 잠시 스치듯 본 자들이 함께 자리하고 있었다.

"안 그래도 아침식사 후 보러갈 참이었네만……. 일단 여기로 앉게나."

밀러의 말에 그 옆에 앉아 있던 야솝이 공간을 내줬다.

마현은 그들 사이에 끼고 싶은 생각은 없었다.

"잠시 따로 뵐 수 있겠습니까?"

"나를?"

밀러가 잠시 놀란 듯 눈을 동그랗게 뜨며 손가락으로 자신을 가리켰다. 그 행동에 마현은 묵묵히 고개를 끄덕였다.

"그러지 말고 일단 자리에 앉게. 성하지 않은 몸이 아닌가? 이럴 때일수록 잘 먹어야 한다네. 자자, 어서."

밀러는 손짓으로 마현을 불렀다.

"앉으세요."

요셉도 자리를 가리키며 그릇에 스프를 담아 내밀었다.

"실례하겠소."

마현도 일단 몸을 추스르는 것이 우선임을 잘 알기에 자리에 앉으며 그릇을 받아들었다.

"여기."

요셉은 그런 마현에게 딱딱하고 거친 검은 빵 하나를 내밀었다. 돌덩이 같은 검은 빵을 받아 쥔 마현은 쓴웃음을 지었다. 그리고는 스프에 적셔 한 입 베어 물었다.

거친 빵에 멀건 스프였지만 마현은 기계처럼 목구멍 속으로 밀어 넣었다. 뒤틀리고 엉킨 내상을 치유하기 위해서는 그 바탕이 되는 몸이 무엇보다 중요하기 때문이었다.

그렇게 빵 하나와 스프를 말끔히 비운 마현은 빈 그릇을 요셉에게 내밀었다.

"고맙소."

마현은 케이슨을 향해 고개를 살짝 숙였다.

이미 자리에 앉기 전 사람들이 그에게 암묵적으로 허락을 받는 모습을 봤기 때문에 그가 이들 무리를 이끄는 자임을 파악한 것이다.

"감사합니다."

"아니오."

케이슨의 넉넉한 미소를 대하며 마현은 자리에서 일어났다.

"잠시 볼 수 있을까요?"

"너 정체가 뭐지?"

그때 맞은편에 앉아 있던 사내가 마현에게 불쑥 물었다. 고개를 돌리자 식사를 마치고 단도 끝으로 이를 쑤시던 제이든이라는 사내가 입 꼬리를 히죽 말아 올리며 마현을 노려보고 있었다.

당연히 마현의 눈매도 가늘어졌다.

심상치 않은 분위기를 감지한 케이슨이 둘 사이에 끼어들었다.

"제이든!"

"쳇!"

케이슨의 만류에 제이든은 단도를 품에 넣었다. 그리고 팔짱을 끼며 등 뒤에 서 있는 나무에 등을 기댄 후 눈을 감아버렸다.

케이슨은 그런 제이든의 모습에 고개를 절레절레 흔든 후 마현을 올려다보았다.

"이해하시오. 워낙 낯을 가리는 성격이니. 그보다……."

마현 쪽으로 몸을 살짝 숙이는 케이슨의 눈빛이 순간 차가워졌다.

"무슨 이야기를 나누고 싶은지 모르나 이왕이면 여기서 하는 게 어떻겠소?"

케이슨은 턱으로 조금 전까지 마현이 앉아 있던 곳을 가리켰다.

앉으라는 무언의 압력이었다.

마현의 미간이 좁아졌다.

"아시다시피 여기는 전장이오. 이래저래 그쪽을 수소문했지만 아는 이들이 없었소."

그 순간 마현의 머릿속에서 많은 생각들이 떠올랐다가 사라졌다.

"당신이 입고 있는 생소한 옷으로 보아 왕국 소속 군병이 아닌 것은 확실한데……, 어찌된 일인지 용병들 중에서도 그쪽을 아는 사람이 없다는 것이오."

"그 말씀은 내가 적병일 수도 있다는…… 뜻이오?"

케이슨이 묵묵히 고개를 끄덕였다.

마현은 일단 케이슨의 뜻대로 다시 자리에 앉았다.

"그 말인즉, 한 차례 접전 후 퇴각할 때 죽어가는 나를 데려와 치료를 해주었다는 뜻이겠고?"

케이슨이 다시 고개를 끄덕였다.

"그렇다면 결국 적을 데려와 치료한 것이 아닐까 의심한다는 뜻이겠구려."

"결과적으로 그렇게 되었소."

"아쉽게도 나는 그 질문에 대답할 수 없을 것 같소."

마현의 말에 케이슨의 낯이 딱딱하게 굳어졌다.

챙.

동시에 나무에 등을 기대고 앉아 있던 제이든이 롱소드를 뽑으며 자리에서 벌떡 일어났다.

"내가 뭐라고 그랬습니까? 너, 이 새끼! 솔직히 불어, 브루넬로 왕국 쪽 용병이지?"

더 이상 케이슨도 제이든을 말리지는 않았다.

"분명 대답을 안 하겠다고 한 게 아니라, 대답할 수 없다고 말한 것 같습니다만?"

마현의 말에 케이슨의 눈썹이 살짝 꿈틀거리더니 손을 들어 롱소드를 들고 있던 제이든을 저지했다.

"그 뜻은?"

"기억이 없소."

마현은 제이든의 눈을 빤히 직시했다.

"흐음……."

제이든은 미약한 침음성을 내뱉었다.

"대장. 이 새끼, 시금 거짓말하는 겁니다."

케이슨은 제이든의 말에 바로 반응을 보이지 않았다.

"좀 더 정확히 말해줄 수 있겠소?"

"내가 이 순간을 모면하려고 아무 말이나 해도 믿겠소?"

마현은 제이든을 슬쩍 쳐다보았다.

어차피 거짓이다.

하지만 거짓을 진실로 만들려면 더 강하게 나가야 한다는 사실을 마현은 잘 알고 있었다.

"훗!"

무슨 의미인지는 모르겠지만 케이슨은 옅은 웃음을 내뱉으며 제이든에게 검을 다시 넣을 것을 명했다.

"젠장!"

제이든은 롱소드를 착검했지만 검자루에서 손은 떼지 않았다. 자리에 앉지 않은 채 여전히 경계하는 눈빛을 하고 있었다.

"솔직히 말하자면 내가 왜 여기에 있는지도 기억나지 않소."

"곤란하군."

케이슨은 복잡한 표정을 지어 보였다.

"이름은?"

"카칸."

"카칸이라……. 제이든?"

알겠다는 듯 고개를 끄덕이던 케이슨이 제이든을 불렀다.

"예, 대장."

"용병길드로 가서 카칸이라는 이름을 찾아봐."

전쟁이 터지면 많은 용병들이 고용된다.

그렇다 보니 전장 후방에는 어김없이 임시로 용병길드가 세워지는 것은 자연스러운 일이었다.

그들의 생사 확인, 정확한 고용비 계산 등과 같은 중요한 일들을 비롯해 자질구레한 일들까지 효율적으로 처리하기 위함이었다.

특히나 이런 국가적인 규모의 전쟁에서 왕국이 일일이 용병들을 하나하나 챙겨줄 수가 없다. 그래서 용병길드의 역할이 중요한 것이다.

용병들을 고용한 왕국은 왕국대로 용병길드만 상대하면 되고, 용병들은 머리 아프게 귀족들을 만날 필요도 없었던 것이다.
　"알았습니다."
　제이든은 케이슨의 명에 마치 꼬투리라도 하나 잡았다는 듯 매섭게 마현을 노려본 후 곧장 자리를 떴다.
　생각지도 못하게 복작하게 일이 꼬인 듯싶었다.
　그렇지만 마현은 표정이나 행동으로 내색하지 않았다. 그저 조용히 눈을 감았을 뿐이었다. 하지만 마현의 머릿속엔 수많은 수들이 떠올랐다.
　"부모님이 지어주신 이름인가?"
　밀러의 목소리에 마현이 눈을 떴다.
　"아닙니다. 직접 지은 이름입니다."
　"마법사가 꿈이었던 모양이군. 그런데 어쩌다가 그렇게 되었나?"
　"……?"
　마현이 고개를 돌려 밀러를 빤히 쳐다보자 그는 미안해하는 표정을 지어 보였다.
　"미안하네. 어쩌다 보니 자네 심장 부근을 살펴보게 되었네."
　마현의 표정이 살짝 굳어졌다.
　무의식적으로 왼쪽 심장 위로 손을 얹었다. 그곳에는 처음 무림에서 마법을 익히기 위해 서클을 만들다가 부서진 상처가 고스란히 남아 있었다.

물론 그 일이 전화위복이 되어 지금의 단전에 서클을 두르기는 했지만 말이다.

'어찌되었든 잘된 일인가?'

"아! 어디서 많이 들어봤던 이름이라고 생각했는데, 이제 기억이 나네요."

자브라가 어색해진 분위기 속에서 활짝 웃었다.

"혹시 그 이름……. 왜 이십여 년 전에 전신(戰神)으로 명성을 떨치다가 희대의 악마가 된 그자. 그 이름 맞죠, 밀러?"

그 물음에 밀러는 어색한 웃음을 지으며 고개를 끄덕였다.

"풍문으로는 마기에 잠식되어 마왕을 현신시키려다가 마탑주들의 손에 죽었다고 들었는데……. 그로 인해 흑마법사들이 모조리 죽거나……. 어머, 미안해요. 밀러."

사소한 이야기였지만 마현은 제법 많은 정보를 유추해낼 수 있었다.

'이십 년이 흐른 건가? 여섯 늙은이들은 마탑을 세운 모양이고……. 결국 나를 시작으로 무자비한 탄압을 한 모양이군.'

마현은 끓어오르는 살심을 속으로 꾹꾹 눌렀다.

"백마법사요?"

"백마법사라……."

마현의 질문에 밀러는 회한 가득한 표정을 지어 보였다.

"굳이 말하자면 회색마법사라고 하면 되겠군."

"……?"

"그 이야기는 나중으로 미루세."

그렇게 다시 어색한 분위기로 돌아섰을 때 케이슨의 명에 의해 용병길드로 갔던 제이든이 돌아왔다.

"카칸이란 이름이 있던가?"

케이슨의 말에 제이든이 묘하게 얼굴 한쪽을 찌푸렸다. 그리고는 한 장의 종이를 케이슨에게로 넘겼다.

그 종이를 읽은 케이슨의 표정도 제이든이 지었던 표정과 별반 다르지 않게 변했다.

"이거 참."

"내 이름이 없소?"

마현의 물음에 케이슨은 그저 입맛만 다셨다.

"있는 건지 없는 건지."

선뜻 이해하기 힘든 말에 마현뿐만 아니라 다른 이들도 궁금한 표정을 지어 보였다.

"자네를 데려온 날 전멸한 피숀 용병대가 있었다는군."

"처음 듣는 용병대인데요?"

야숍이 고개를 갸웃거렸다.

용병대 내에서 자질구레한 일을 도맡아 하다 보니 다른 용병대에 대해서도 어느 정도는 훤히 알고 있었던 그였지만 피숀 용병대는 처음 듣는 모양이었다.

"삼류 양아치들이 모여 만든 용병대. 대장은 물론 길드원들까지 죄다 C급 아니면 D급."

더 이상 말하면 입이 아프다는 듯 케이슨이 설명을 짧게 했다.

"그럼 못 들었을 수도 있겠네요."

야숍은 케이슨의 설명에 수긍하며 고개를 끄덕였다.

"피숀 용병대 중 K, K라는 자가 있다더군."

케이슨은 고개를 들어 카칸을 쳐다보았다.

"카칸……, K, K."

그레오가 말했다.

"처음 듣소. 그 이름."

마현은 케이슨의 눈을 직시하며 말했다.

어설프게 그 이름이 자신의 것이라 하지 않았다. 차라리 기억나지 않는다고 하면 나머지는 저들이 끼워 맞출 것이다. 그들 스스로 끼워 맞춘다면 구구절절한 설명 없이도 납득하기 때문이었다.

"끄응."

케이슨은 앓는 소리를 내며 뺨을 긁었다.

"너무 어렵게 생각하지 말자구요."

자브라가 나섰다.

"카칸이란 이름, 사실 쓰기 좀 그렇지 않나요?"

조금 전 들은 이야기도 있었기에 다들 수긍하는 분위기였다.

"그래서 K, K로 줄이지 않았을까요?"

자브라는 고개를 돌려 마현을 쳐다보았다.

"왠지 수긍은 가지만……, 한편으로 억측 같다는 생각이 들기도 하오."

마현의 말에 자브라는 어색한 웃음을 머금을 수밖에 없었다. 그렇기에 자브라는 더 이상 말을 잇지 못하고 케이슨을 쳐다볼 수밖에 없었다. 그녀가, 그리고 다른 이들이 케이슨을 쳐다봤지만 그라고 뾰족한 수가 있는 건 아니었다.

"여기 피숀 용병대 소속 K, K가 있다고 그러던데……, 누구요?"

그때 풍채 좋은 이가 케이슨 용병대 쪽으로 다가오며 물었다.

당연히 모든 사람들의 이목이 마현에게로 모일 수밖에 없었다. 그 시선에 마현은 어색하게 자리에서 일어났다.

"거 사람이 왜 이리 귀찮은 상황을 만드시오?"

"누구요?"

"보면 모르오? 몬테팔코 왕국 제8전선 임시길드 소속 행정관이오."

그는 상당히 퉁명스럽게 대답했다.

"거 살아있으면 살아있다고 연락을 줘야 할 거 아니요? 이미 상부에 전사했다고 보고했단 말이오, 아시겠소? 당신 하나 때문에……. 에휴, 말을 말아야지."

 그가 왜 이처럼 퉁명스럽게 대하는지 마현은 그의 말을 통해 대충 짐작할 수 있었다.

 "브루넬로 왕국 출신, 이름은 K, K. 전 피숀 용병대 소속. 등급은 D급. 맞소?"

 "그……."

 "전쟁에 계속 참가할 거요? 하긴 브루넬로 왕국 출신이니 농노 출신이겠군. 그렇다면 전쟁이 끝날 때까지 참여해야 안정된 용병의 지위를 몬테팔코 왕국에서 보장해줄 거고."

 대답하기도 전에 그는 이미 마현을 K, K로 생각하고 있었다. 그는 마현 뒤에 서 있는 케이슨 용병대원들을 쭉 훑어보다가 케이슨을 주시했다.

 어느 정도 안면은 있었던지 가벼운 목례를 건넨 후 마현을 다시 쳐다보았다.

 "하긴 피숀 용병대보다야 케이슨 용병대가 훨씬 낫지."

 그렇게 말하고는 들고 온 서류에 무언가를 적기 시작했다.

 "……케이슨 용병대, 자 여기에 서명하시오."

 혼자 말하고, 혼자 대답하며 사람 혼을 쏙 빼놓더니 마현 앞으로 냅다 서류를 내밀었다.

 그가 내민 서류를 대충 살펴보니 생존을 확인하는 것과 더불어 케이슨 용병대로 편입이 주된 내용이었다.

 '케이슨 용병대라…….'

마현은 잠시 생각에 잠겼지만 그리 오래 가지는 않았다. '소도 비빌 언덕이 있어야 비빈다.'고 했던가? 편한 사이는 되지 않겠지만 잠시나마 비를 피해갈 수 있을 것이다.

특히 어느 정도 이들의 내력을 살핀 바 상당한 실력자들로 구성된 용병대라는 점이 한편으론 마음에 들었던 것이다.

"아, 그리고 이름은 K, K에서 카칸으로 고치고 싶소만."

"하긴, 한 번 죽었다가 살아난 이름이니 다시 쓰고 싶지 않겠지. 카칸이라고 했소?"

마현이 고개를 끄덕이자 그는 다시 서류로 시선을 내렸다.

"어려운 일은 아니니 그리해드리리다."

"고맙소."

마현은 모른 척 서류에 서명을 했다. 사실 게이슨 용병대 중 그 누구도 그때까지 마현이 무슨 서류에 서명을 한 것인지 아무도 알지 못했다.

제8장
마법사 밀러

마법사 밀러

 마현은 자신이 배정받은 야전침상에서 가부좌를 틀고 앉아 있었다. 내상을 다스리기 위함이었다.
 '흠……'
 내상은 생각했던 것보다 훨씬 심각했다.
 족히 한 달 정도는 내상요법에 전념해야 완쾌가 될 정도였다. 단약이나 영약이 있으면 훨씬 빠르겠지만 하르센 대륙에서는 구할 수 없는 물건이었다.
 그나마 마현이 눈을 뜬 오늘을 포함해 삼 일 동안 잠시 휴전한다고 하니 불행 중 다행이었다.
 그 뜻하지 않은 삼 일 동안의 휴전은 아마도 자신 때문인 것

같았다.

 밀러의 말에 따르면 한창 접전을 치르고 있는 와중에 전장 한구석에서 어마어마한 폭발이 일어났고, 그 폭발로 인해 그 일대에 있던 수천의 병사와 용병들이 죽었다는 것이다.

 마현은 폭발에서 살아남은 몇 안 되는 생존자라고 했다. 그 도저히 이해할 수 없는 폭발의 원인을 파악하고자 양국은 잠시 휴전에 들어갔다고 했다.

 비록 삼 일을 벌었지만, 그 정도 시간으로 내상을 치유하기에는 어림도 없었다.

 더욱이 이미 하루가 지났고 다시 해가 뜨고 있으니 이틀 후에는 마현도 전장에 참여를 해야 한다.

 이런 상태에서 전장에 나갔다가 혹여나 잠시 임시방편으로 악화를 막아둔 내상이 도진다면 목숨을 장담할 수가 없었다. 그렇다고 용병 주제에 중상을 핑계로 전장에 안 나갈 수도 없는 노릇이었다.

 '결론은 힐링 포션인데……'

 문제는 그의 수중에 땡전 한 푼 없다는 것이다.

 자연스레 마현은 밀러를 떠올렸다. 마법사이니 반드시 포션 한 병쯤은 가지고 있을 것이다.

 '물에 빠져 살려줬더니 보따리 내놓으라고 하는 놈 같군.'

 일단 운기를 통해 급한 불을 끄고 눈을 뜬 마현의 입가에는 자조적인 웃음이 만들어졌다. 하지만 어쩌겠는가? 일단 살고 봐야 할 것이 아닌가 말이다.

 눈을 뜨니 예상대로 아침이었다.

 군막 입구로 여명의 햇살이 들어오고 있었다. 그로 인해 군막 안도 제법 밝아져 있었다. 마현은 고개를 돌려 밀러의 침상을 쳐다보았다.

 '흠……'

 밀러는 자리에 없었다.

 마현은 자리에서 일어나 군막 밖으로 나갔다. 어제보다 몸이 훨씬 가벼워진 터라 아침 공기도 상쾌하게 느껴졌다. 가볍게 숨을 들이마신 마현은 고개를 돌려 밀러를 찾았다.

 아니나 다를까. 군막 옆 모닥불 자리에 밀러가 앉아서 책을 보고 있었다.

 똥마려운 강아지처럼 끙끙거리며 책을 보는 것으로 보아 마법서인 듯했다.

 마현은 기척을 감추고 조용히 그의 뒤로 다가가 섰다.

 가만히 그가 보고 있는 책을 들여다보니 짐작대로 플라이 마법을 열심히 살피고 있었다.

 '찜찜했는데 잘 되었군.'

 "험험!"

 마현은 슬쩍 웃음기를 머금으며 헛기침을 내뱉었다.

 그러자 밀러는 화들짝 놀라며 책을 탁 덮었다.

 "괜히 실례를 한 게 아닌가 싶습니다."

마현은 밀러의 맞은편에 앉았다.
"아, 아닐세. 안 그래도 그만 보려고 했었다네."
벌겋게 충혈된 눈을 보니 아마도 밤을 지새운 모양이었다.
"성격상 이래저래 돌려 말하지 못합니다."
"……?"
"단도직입적으로 부탁 하나 드려도 되겠습니까?"
"부탁?"
"힐링 포션을 하나 얻고 싶습니다."
그 말에 밀러의 입이 쩍 벌어졌다.
힐링 포션이 어디 한두 푼 하는 것도 아니고, 재료만 있다고 뚝딱 만들 수 있는 물건도 아니었다.
또한 어지간한 이들은 평생 가도 한 번 볼 수 없는 귀한 물건이었다. 그렇다고 아주 못 구하는 것도 아니지만 그 가격이 상상을 초월할 정도로 비쌌다.
"커, 컥!"
밀러는 너무 당황한 나머지 사레가 들린 모양이었다.
"이거 너무 황당한 말에 뭐라고 대답을 해야 할지 모르겠군."
보통 때라면 역정을 내며 매몰차게 일어섰을 것이다. 하지만 너무나도 자연스럽게 그런 말을 해놓고 당당하게 쳐다보는 마현을 보자 그렇게 하지도 못하고 있었다.
"힐링 포션이 어떤 건지는 아나?"
"압니다."

"그렇다면 가격도 알겠군."

"기억이 불완전해 정확한 시세는 알지 못하나 어느 정도의 값어치를 한다는 건 알고 있습니다."

"그렇게 말하니 더욱 할 말이 없군."

밀러는 황당해하며 마현을 쳐다보았다.

"현재 제가 가지고 있는 것이 없어 다짜고짜 얻으려고 했지만, 생각해 보니 줄 것이 있는 듯하니 거래를 하는 건 어떻습니까?"

"거래?"

너무 황당해하던 밀러의 표정이 순간 살짝 바뀌었다.

"나이를 먹어 주책이 생겼나? 호기심이 동하는군."

밀러는 '이거였나?'라는 생각이 들었다. 말도 안 되는 이야기를 듣는 순간 일어서야 했지만 밀러는 스스로 생각해 봐도 납득이 가지 않을 만큼 그렇게 행동하지 못했다.

물론 그렇게 따진다면 사람을 구한 것 자체도 모를 일이었다. 전장에서 제아무리 아군이라지만 안면 하나 없는 그를 구해온 것 자체가 그에게 있어서는 말도 안 되는 일이었다.

마현을 처음 발견했을 때 밀러는 도저히 그에게서 눈을 뗄 수가 없었다.

그 원인을 알 수 없었던 호기심도 어제 그가 D급 용병임을 알았을 때 맥이 풀리며 사라진 줄 알았는데, 그게 아닌 모양이었다.

"말해보게."

"플라이 마법."

마현의 짧은 말에 밀러의 표정이 급격히 굳어졌다. 동시에 상당히 불쾌감이 담긴 눈동자로 마현을 쳐다보았다. 그렇게 붉어질 대로 붉어진 얼굴을 하며 마현을 노려보다가 밀러는 자리에서 거칠게 일어났다.

"포션 하나에 플라이 마법이라면 손해 보는 거래가 아닐 것 같습니다."

그의 등 뒤로 들려오는 마현의 목소리에 밀러의 몸이 딱 멈췄다. 솔직히 근 십여 년 이상 진저리가 날 만큼 답보상태인 게 그로선 답답하기 그지없었다.

그렇기 때문일까? 지푸라기로는 물에 빠진 사람을 구할 수 없다는 것을 잘 알면서도 잡으려 하는 것이 사람의 마음일까? 밀러는 몸을 돌려 다시 앉았다.

"하아."

마현을 다시 바라본 밀러는 회한이 담긴 헛바람을 내뱉었다.

"우습군, 우스워."

밀러는 자조 섞인 웃음을 연신 내뱉었다.

그때 마현이 들고 있던 나뭇가지, 정확히 말하자면 그 나뭇가지를 가지고 바닥에 잔뜩 그려놓은 낙서를 무심결에 보았다. 순간 밀러의 눈이 화등잔처럼 크게 떠졌다.

낙서처럼 막 휘갈긴 듯한 글씨는 바로 플라이 마법의 수식이었던 것이다.

그 수식이 끝까지 쓰여 있지 않아 정확한 건 알 수 없었지만 자신이 가지고 있던 마법서에 적혀 있는 불완전한, 즉 뼈대만 있는 플라이 마법 수식이 아닌 온전한 공식임이 틀림없었다. 아니, 그렇게 믿고 싶었는지도 모른다.

마현은 밀러가 바닥에 적어놓은 플라이 마법 수식에서 눈을 떼지 못하자 다리를 들어 바닥에 적어놓은 글씨를 발로 지워버렸다.

"아니 지금 뭐하는 짓……."

격앙된 목소리로 노기를 터트리다가 밀러는 입을 꾹 닫았다.

마현은 눈썹을 슬쩍 들었다 내려놓으며 얄궂은 미소를 지었다.

"자, 자네가 마법사였단 것은 알았지만 분명 1서클……."

"비록 이런 몸이 되었지만……."

마현은 손가락으로 머리를 가리켰다.

"머리는 제법 좋은 편이었습니다."

일단 마법사임을 밝힐 생각이 없었기에 거짓으로 말했다.

마현을 보며 한참을 고심하던 밀러가 품에서 주먹 반만 한 유리병을 꺼내들었다.

"최상급은 아니지만 상급 포션일세. 물론 한 병이 아니고 반병이지만."

양은 적었지만 질은 마현이 짐작했던 것보다 좋은 것이었다.

"그럼 바꿀까요?"

마현이 손을 내밀자 밀러는 포션 병을 품에 꼭 끌어안았다.

"아직 다 보여주지도 않았잖은가?"

"이 수식이면 되겠습니까?"

마현의 말에 밀러는 고개를 끄덕였다.

"그러죠."

마현은 밀러의 대답에 손을 내밀었다. 그러자 밀러는 포션 병을 가슴에 더욱 깊게 감췄다. 공식을 넘기기 전에는 결코 포션을 내줄 수 없다는 확고한 의지였다.

그 모습에 마현은 피식 웃었다.

"포션이 아니라 마법서를 달라는 뜻이었습니다. 제가 적어드리죠."

"하지만……."

망설이던 밀러는 결국 품에서 두툼한 마법서를 넘겼다.

사실 말이 서로 원하는 것을 하나씩 주고받는 공평한 거래이지, 실상은 그렇지 않았다.

이런 포션이야 언제든지 돈을 벌어 사면 그만이지만 한 마법사의 피와 땀, 그리고 노하우가 담긴 온전한 공식은 돈 보따리를 안겨준다고 해도 구할 수 없는 것이 현실이기 때문이다.

마현은 받아든 마법서 표지 겉면을 살폈다. 가장 위에 태양을 상징하는 무늬와 함께 그 아래에는 비교적 작은 글씨로 '태양의 마탑'이라고 적혀 있었다.

 그리고 그 아래에는 큰 글씨로 '4서클 마법서'라고 쓰여 있었고, 맨 아래에는 그동안 결코 잊지 못했던 백마법사 6인 중 한 명인 '이베른'의 이름이 적혀 있었다.

 마현은 고개를 들어 밀러를 쳐다보았다.

 "태양의 마탑의 주인이 이베른입니까?"

 마현은 이베른 마법의 주요 근간이 되는 힘의 종신이 태양의 신 스피네타임을 떠올렸다.

 "그 이야기는 나중에 하면 안 되겠나?"

 밀러는 애타는 눈빛으로 말했다.

 "내 세세히 알려줌세."

 "알겠습니다."

 마현은 밀러의 그런 심정을 모르는 바가 아니기에 일단 마법서를 들어 플라이 마법 공식이 적혀 있는 곳을 펼쳤다.

 그 페이지에는 플라이 마법의 뼈대를 이루는 주요 공식들이 빼곡하게 인쇄돼 있었다. 그리고 그 수식 사이사이에 밀러의 글씨로 짐작되는 글들이 어지럽게 적혀 있었다.

 마법서를 읽어 내려가던 마현은 미간을 살짝 좁히더니 종이를 홱홱 넘겨 다른 부분도 살폈다.

 "흠……."

마현은 다시 플라이 마법 부분을 펼치며 밀러를 쳐다보았다.

"왜, 왜 그런가?"

"밀러 님의 능력이라면 다른 마법서를 구할 수도 있었을 텐데 왜 이런 마법서를 잡고 끙끙거리신 겁니까?"

마탑의 이름을 달고 나온 마법서라서 그런지 오류도 없고, 꼭 필요한 공식도 들어가 있었다. 하지만 그게 전부였다.

물론 한 가지 마법을 두고 마법사마다 중심이 되는 공식은 같지만 그 공식을 구현하기 위한 방식은 다 다르다.

마치 그림을 그릴 때 똑같은 그림을 그린다고 해서 쓰는 물감 배합이나 붓질 요령, 그리고 그리기의 순서가 다 다른 것처럼 마법의 구현도 그와 비슷한 이치였다.

그렇기 때문에 그것의 활용도와 구현방식을 알려주지 않고 달랑 마법 수식만 던져주는 것은 온전한 마법서라고 보기 어렵다.

그것은 마치 요리에 '요'자도 모르는 이에게 요리 재료를 툭 던져놓고, 어떤 요리를 지정해 저걸 만들라고 하는 것이나, 건축의 '건'자도 모르는 이에게 성을 짓는데 필요한 재료들을 알려주고는 성 하나를 지으라는 것과 똑같은 짓이다.

밀러가 가진 마법서에는 최소한 적혀 있는 공식들이 어떤 쓰임을 하는지 일언반구의 설명조차도 기술되어 있지 않았다.

"현재 마법서는 여섯 마탑에서 판매하는 것 이외에는 구할 수 없네."

"……?"

"마탑에서 마법사 간의 개인적인 마법서 판매를 금지한 지 오래일세."

밀러의 설명에 마현은 헛웃음밖에 나오지 않았다.

"혹여나 검증되지 않은 잘못된 마법 수식으로 인해 귀중한 인재를 잃을 수 없다는 것이 그 이유일세."

결국 마탑에서 마법 자체를 독점하겠다는 뜻이었다.

'욕심은 끝이 없다더니…….'

굳이 설명을 듣지 않아도 대략적인 상황이 짐작되었다.

자신을 사라진 후 더는 눈치 볼 것이 없어진 그들은 우월적인 힘을 앞세워 마법을 독점했을 것이 뻔했다.

마현은 과거 한때 스승이자, 현재는 여섯 마탑의 마탑주로 의심되는 여섯 늙은이들을 떠올렸다. 그런 마현의 눈동자에는 은은한 살기가 감돌았다.

"그나저나 먼저 해줄 수는 없겠는가?"

밀러의 목소리에 마현은 재빨리 살기를 지웠다.

"알겠습니다."

마현은 밀러에게서 건네받은 펜으로 플라이 마법의 완성된 공식을 적어나가며 입을 열었다.

"참, 밀러 님."

"으, 응?"

밀러는 눈이 빠져라 마현의 펜 끝을 쳐다보며 대답했다.

"소소한 부탁 하나 더 드려도 되겠습니까?"

"뭔가? 내가 해줄 수 있는 일이라면 뭐든지 해주겠네."

"다른 건 아니고……, 나중에 무슨 일이 생긴다면 한 번만 제 편이 되어주십시오."

"자네 편? 그러겠네."

온통 마현의 펜 끝에 사로잡힌 밀러는 대수롭지 않게 그 부탁을 받아들였다.

마현은 단숨에 플라이 마법 공식을 적은 후 마법서를 밀러에게 내밀었다.

그러자 밀러는 먹이를 낚아채는 한 마리 독수리처럼 마법서를 움켜잡았다. 하지만 그가 생각했던 것처럼 품에 넣지는 못했다. 마현이 하얀 이를 드러내며 강하게 움켜잡고 있었던 까닭이었다.

"아!"

밀러는 자신의 실수를 깨달으며 다른 한 손으로 포션을 넘겼다.

"잘 쓰겠습니다."

마현의 인사에 밀러는 묵묵부답이었다. 마치 며칠 굶은 사람이 음식을 탐하듯 그 사이 마법서에 고개를 푹 파묻고 있던 것이다. 마현은 포션병을 잠시 만지작거리며 자리에서 일어났다.

내상 치료를 위해 조용한 곳을 찾기 위함이었다.

어제는 그저 내상이 더 도지는 것을 막기 위함인지라 운기조식 중에 누군가가 건드려도 크게 탈이 날 일은 없었다. 하지만 운기조식을 통해 포션의 기운으로 내상을 다스린다는 건 다른 문제였다.

이때는 몸뿐만 아니라 모든 것이 민감해지기 때문에 조금이라도 외부에서 충격이 가해진다면 자칫 목숨까지도 위험해질 수 있다.

하지만 마현이 현재 머물고 있는 곳은 전장의 한가운데였다.

조용히 운신할 만한 마땅한 곳이 있을 리가 없다

'이거 참.'

입맛을 다시던 마현의 눈에 곧게 뻗은 나무 한 그루가 들어왔다. 마현은 천천히 나무 꼭대기를 올려다보았다.

'괜찮군.'

마현은 주위를 둘러보았다.

아직은 이른 새벽이라서 그런지 돌아다니는 이들도 별로 없었다. 마현은 투명화 마법으로 몸을 숨긴 채 한 마리 제비처럼 나무를 타고 올라갔다.

한 바퀴 멋들어지게 공중제비를 돈 마현은 나무 꼭대기에 내려섰다. 그리고는 아슬아슬하게 나무 꼭대기에 가부좌를 틀고 앉았다.

과거라면 꿈도 꾸지 못할 방법이었지만 허진의 진신마공을 고스란히 물려받은 마현에게 있어 이런 일은 그다지 어려운 것도 아니었다.

지상에 바람이 없어도 십여 미터 높이에서는 제법 거센 바람이 불 때가 많다.

오늘 새벽도 그랬다. 제법 거센 바람이 나무를 흔들어대고 있었지만 마현은 원래 나무의 한부분인 것처럼 안정되게 앉아 있었다.

모든 준비가 끝나자 마현은 밀러에게서 받은 포션을 입에 털어 넣었다.

비린 맛이 가장 먼저 느껴졌지만 그런 맛은 이내 청량함에 가려졌다.

포션을 마시자마자 마현은 마라역천공의 구결에 따라 내력을 일으켰다.

"큭!"

투명화 마법을 시전하느라 조금 무리를 했던지 애써 재운 고통이 깨어났다.

그 고통에 투명화 마법이 깨질 뻔했지만 어느새 포션이 그 고통을 다시 재우기 시작하면서 내력의 역행만은 막을 수 있었다.

그렇게 어느 정도 안정을 찾은 마현은 포션이 가진 힘을 다스려 단전으로 끌어당겼다. 그리고는 순차적으로 서클로 보냈고, 다시 기경팔맥으로 올렸다.

두둑! 두두둑!

마현의 몸에서는 북이 터지는 듯한 소리가 쉼 없이 흘러나왔다.

현재 내상의 가장 치명적인 원인은 바로 주요 혈맥을 꽉 막고 있는 황사의 내력이 남아 있다는 점이다.

그런 황사의 내력이 포션과 마현의 내력을 이기지 못하고 타버리며 마현의 혈맥을 끊임없이 두드려대고 있었다.

그 북이 터지는 듯한 소리는 장장 1시간이나 이어졌다.

마현의 몸이 그로 인해 들썩이면서 나무 꼭대기는 강한 바람에 대항이라도 하는 것처럼 몹시 흔들렸다.

그리고 1시간이 더 흘렀다.

창백하던 마현의 혈색이 점차 붉어졌다.

"후우우."

입술이 살짝 벌어지며 긴 숨이 부드럽게 흘러나왔다.

'대단하군.'

상급 포션이 가진 순수한 기운만 따진다면 마환단과 마교 최고의 비전 영약인 마령단의 중간쯤이 될 것이다. 이것만으로는 마현의 내상을 완전히 치유하기에는 조금 부족했다.

거기에 트롤의 피가 포션의 주재료라서 그런지 약간의 독도 들어 있었다.

츠츠츠츳!

마현의 정수리, 백회혈에서 녹색 연기가 스멀스멀 피어올랐다. 포션이 가진 양날의 검, 바로 트롤의 피가 가진 독이었다.

대략 30여 분에 걸쳐 온몸에 퍼졌던 독 기운을 몰아내 내상 요법을 끝마치며 눈을 떴다.

'포션에 이런 힘이 담겨 있었다니……'

마현의 눈동자에는 놀라움이 가득 차 있었다.

과거 포션을 접했을 때와 지금 접하는 느낌은 가히 하늘과 땅 차이였다.

'이거 완전히 돼지 목에 진주목걸이였군.'

과거 자신, 그리고 현재 이 하르센 대륙의 모든 이들은 포션이 가진 진정한 힘의 십분지 일도 사용하지 못하고 있음을 깨달은 것이다.

그런 놀라움 속에는 진한 아쉬움이 숨겨져 있었다.

아직 독처럼 번져 있던 황사의 내력으로 인해 다쳤던 혈맥이 완전히 아물지 못했다.

그리고 단전은 깨끗하게 치유했지만 그 단전을 감싸고 있는 일곱 개의 서클은 여전히 불안정했다.

만약 상급 포션이 반병이 아니라 한 병이었다면, 그게 아니라 최상급 포션 반병이었다면 온전히 내상을 치유했을 텐데. 그런 아쉬움이 들었지만 마현은 바로 털어내 버렸다.

그러자 마현의 입술에는 흡족한 웃음이 깃들었다.

가장 큰 문제였던 황사의 기운을 모조리 태웠고, 그로 인한 혈맥의 상처는 남은 이틀의 시간이면 충분히 치료할 수 있을 것이다.

문제는 여전히 불안정한 일곱 개의 서클이었지만 그것도 이틀이면 어느 정도 안정을 찾을 수 있을 것이다. 더욱이 당분간 마법사임을 숨길 생각이니 별 문제는 없을 것이다.

허진의 독문무공을 익혔기에 그것이 가능했다. 마음만 먹으면 이곳에서 검사로 행세할 수도 있었던 것이다.

'스승님……'

마현은 고개를 들어 파란 하늘을 올려다보았다.

허진을 떠올린 마현은 가부좌를 틀고 일어났다. 현재 나무 꼭대기에 서 있었기에 큰절을 올릴 수 없어 허리를 깊게 숙이는 걸로 구배지례의 예를 대신했다.

제9장
출전 준비

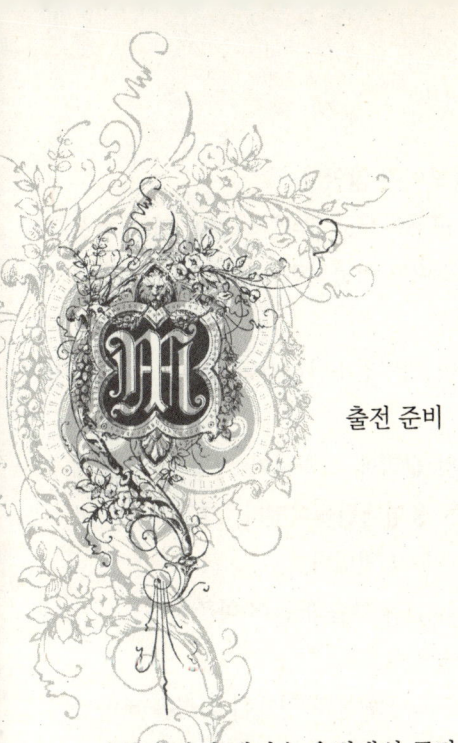

출전 준비

 마현이 다시 케이슨 용병대의 군막이 있는 진영으로 돌아온 것은 대략 3시간이 지나서였다. 이미 아침식사 시간이 지난 까닭에 많은 용병들이 분주하게, 혹은 여유롭게 군막 사이를 지나다니고 있는 모습이 눈에 들어왔다.
 아침을 먹지 않았지만 마현의 몸은 하늘을 날아갈 듯 가볍고 상쾌했다. 내상이 아직까지 완전히 치료가 되지 않아 창백함이 조금 남아 있지만, 홍조에 가려 잘 보이지 않을 정도였다.
 더욱이 꽉 막히고 꼬였던 기혈이 뚫린 후라 온몸에서 힘이 솟구치고 있었다. 그 때문에 군막으로 걸어가는 힘찬 발걸음에서 더는 병자의 느낌은 보이지 않았다.

'일단 검 한 자루부터 구해야겠군. 후에 시간이 되면 섭선 하나도 만들어야겠어. 이왕이면 어둠처럼 검은 흑선으로 말이야.'

허진의 실질적인 독문무공은 천수마라검이었지만 그의 상징은 섭선인 까닭이었다.

그렇게 케이슨 용병대의 군막에 도착하자 가장 먼저 눈에 띈 것은 우르르 모여 있는 용병대원들이었다. 그들은 심각한 얼굴로 무언가 이야기를 나누고 있었다.

그때 마현은 맞은편에 서 있던 야숍과 눈이 마주쳤다.

"어? 대장님. 카칸이 왔는데요."

야숍의 말에 용병대원이 고개를 돌려 일제히 마현을 바라보았다.

"너 이 새끼!"

마현을 본 제이든이 얼굴을 험악하게 구기며 달려왔다. 그리고는 마현의 멱살을 잡으려 했다.

마현의 눈이 날카롭게 변하며 오른손을 들어 뻗어오는 제이든의 오른팔을 뱀처럼 휘감았다. 그런 후 섬전처럼 빠르게 제이든의 손목을 잡은 후 밑으로 잡아당기며 발로 그의 발목을 후려쳤다.

"어?"

그러자 제이든의 몸은 흡사 바람개비처럼 그 자리에서 팽그르 돌아 땅바닥을 등으로 찧었다.

쿵!

자욱한 먼지가 피어올랐다.

"크윽!"

상당한 충격이 있었던지 제이든은 얼굴을 잔뜩 찌푸렸지만 그것도 잠시, 아래로 내려다보는 마현의 무표정한 얼굴을 노려보고선 재빨리 몸을 굴려 자리에서 일어났다.

챙!

그리고는 서슴없이 검을 뽑아들었다.

"제, 제이든!"

제이든이 검까지 뽑자 밀러가 그를 말리려고 했지만 케이슨이 조용히 손을 들어 저지했다.

"죽여 버리겠어!"

제이든은 살기를 풀풀 풍기며 마현의 품으로 뛰어 들어갔다. 노련한 B급 용병답게 그의 몸은 날렵했다. 하지만 그건 어디까지나 용병들 사이에서의 수준이었고, 하르센 대륙 수준에서의 이야기일 뿐이었다.

중원 무림의 검은 이보다 더 무섭고 빨랐다.

그런 마현에게 있어 제이든의 검은 어린아이의 장난이나 크게 차이가 없었다.

쐐애애액!

날카롭게 가슴을 쓸어오는 제이든의 검을 보며 마현은 왼쪽으로 반걸음 내딛으며 몸을 살짝 기울였다.

사삭!

제이든의 검이 아슬아슬하게 마현의 옆을 훑고 내려갔다. 마현이 운 좋게 피했다고 생각한 제이든은 재빨리 검을 당겨 허리를 베려했다.

하지만 그런 생각이 든 순간.

마현의 신형이 눈앞에서 사라졌다.

"컥!"

동시에 옆구리에서 화끈거리는 고통이 느껴졌다. 얼마나 충격이 강했던지 숨이 턱 막혔다. 그리고 몸은 의지를 벗어나 아래로 허물어졌다.

"큭!"

무릎이 땅바닥에 닿기도 전에 가슴에서 다시 한 번 강한 충격을 느꼈다. 그리고 눈에 들어온 건 하늘과 그 하늘을 가리고 서 있는 마현이었다.

마현은 바닥에 쓰러진 제이든의 가슴을 왼발로 지그시 밟았다. 그리고 그 사이 제이든의 검을 빼앗아 목에 겨눴다.

"카, 카칸!"

밀러의 다급한 목소리가 들려왔다.

"제이든이라고 했던가?"

그 고통 속에서도 제이든은 입술을 깨물고 있었다.

그런 제이든을 보며 마현은 피식 웃으며 검을 들어올렸다.

그리고는 아래로 내리꽂았다.

'죽는 건가? 이렇게?'

제이든은 고개를 옆으로 돌리며 눈을 질끈 감았다.

쿵!

이어 묵직한 소리가 터져 나왔다.

"다시 한 번 더 내게 검을 겨누면 그땐 넌 죽어."

마현의 목소리가 들렸다.

죽지 않은 것이다.

제이든은 입술을 파르르 떨며 눈을 떴다. 그런 그의 눈에 땅속에 깊이 박혀 검신을 부르르 떨어대고 있는 자신의 검이 보였다.

이 모든 일들이 눈 깜짝할 사이에 벌어졌다.

"케이슨."

그 모습에 자브라는 눈을 동그랗게 뜨며 케이슨을 불렀다. 하지만 케이슨은 그녀의 부름에 대답하지 못했다. 케이슨의 눈도 놀라움에 살짝 커져 있었다.

"후와, 정말 D급 용병 맞아? 대장도 저렇게까지는 못하잖아."

그레오 역시 입을 쩍 벌렸다.

"밀러 님, 무슨 일입니까?"

카칸은 밀러에게 다가가며 물었다.

"……"

하지만 밀러는 눈만 끔뻑이며 마현을 쳐다볼 뿐이었다.

"밀러 님?"

"아! 미, 미안하네."

마현이 재차 그를 부르자 밀러는 정신을 차리며 사과했다.

"용병길드에서 자네 용병패가 나왔는데……."

밀러는 말꼬리를 흐리며 케이슨을 쳐다보았다. 그가 이 용병대에서 가장 연장자라고는 하지만 대장은 케이슨인 까닭이었다.

"용병패가 나왔습니까?"

마현은 왜 제이든이 자신에게 화를 내며 달려들었는지 알아차렸다. 하지만 모른 척 케이슨을 쳐다보았다.

굳은 얼굴을 한 케이슨이 손에 들고 있던 철로 만들어진 용병패를 마현에게 내밀었다. 마현은 그 용병패를 받아들려고 했지만 케이슨이 꽉 움켜잡고 있었기에 고개를 들었다.

"어떻게 D급 용병이오?"

"갓 용병이 되었으니 D급인 게 당연한 거 아니오?"

"그 실력이면 굳이 적국으로 넘어와 용병을 하지 않아도 될 것 같은데?"

"그렇소? 그런데 기억이 없으니 그 물음에 대답을 못해 유감이오."

마현은 케이슨이 잡고 있던 용병패를 낚아채듯 집어 들었다.

"케이슨 용병대?"

마현은 용병패 뒷면에 적혀 있는 소속을 들으라는 듯 읽었다.

"그래서 저자가 나에게 달려든 것이오?"

마현은 고개를 돌려 야숍의 부축을 받고 일어서고 있는 제이든을 잠시 쳐다보며 물었다.

"몰랐소?"

"몰랐소."

"일단 이럴 것이 아니라 다들 좀 앉읍시다."

밀러는 케이슨과 마현을 모닥불 자리로 데려가 앉히며 다른 이들에게도 앉으라고 눈치를 줬다.

마현은 다들 자리에 앉자 먼저 입을 열었다.

"원하면 용병대에서 나가겠소."

"끄응."

마현의 말에 케이슨은 앓는 소리를 머금었다.

"당신은 우리 용병대에서 탈퇴할 수 없어요."

자브라가 마현을 쳐다보며 말했다.

"……?"

"평소라면 가능하겠지만 여기는 전장이에요. 중한 사안이 아니라면 전쟁이 끝날 때까지 임의로 용병대를 옮길 수 없어요. 모르셨나요?"

"몰랐소."

마현은 솔직히 이 부분에 대해서는 잘 몰랐다.

"모른다고 하면 다야?"

제이든이 발끈했다.

하지만 마현에게 당한 기억이 선명했던지 더 이상 발끈하지는 않았다. 그렇지만 마현을 매서운 눈으로 노려보며 분한 표정을 지우지 못했다.

밀러는 한숨을 푹 내쉬며 케이슨을 쳐다보았다.

케이슨이 나서서 이 상황을 정리해야 하는데 그도 쉽게 판단을 내리지 못하고 있었던 것이다. 어쨌든 이 상황이 변할 수 없다는 걸 밀러는 알고 있었다.

"다들 의미 없는 감정 소모는 하지 말도록 하세나. 어차피 되돌릴 수 없는 일이 아니던가?"

밀러는 그렇게 말하며 다들 다독거렸다.

"그렇군요."

케이슨도 밀러의 말에 고개를 끄덕일 수밖에 없었다.

"일단 일이 이렇게 되었으니 서로 득이 될 수 있는 방향을 생각하는 게 좋을 것 같네. 자네도 그게 좋지 않은가?"

밀러는 용병들의 얼굴을 쳐다보다가 마지막으로 마현에게로 시선을 돌렸다.

"그리 말씀해주셔서 감사합니다."

밀러는 고개를 숙였다가 다시 머리를 드는 마현을 보더니 한순간 표정이 굳어졌다.

밀러는 희미하지만 분명히 보았다.

웃고 있는 마현의 웃음을.

마현은 분명 알고 있었다.

케이슨 용병대에 자신이 들어올 것임을, 그리고 이런 상황이 벌어질 것까지……. 그런 밀러의 기억 속에 마현이 한 번만 자신의 편이 되어달라고 부탁하던 목소리가 떠올랐다.

짝짝.

케이슨이 박수를 쳐 사람들의 이목을 집중시켰다.

모두가 케이슨을 쳐다보았지만 밀러는 마현에게서 시선을 떼지 못했다.

배신감?

아니다.

겨우 이름만 아는데 배신당하고 말 것도 없었다.

이유를 알 수 없는 답답함에 밀러는 속으로 한숨을 삼켜야 했다.

"밀러 님?"

"미, 미안하네."

밀러는 애써 표정을 감추며 케이슨을 쳐다보았다.

"모두 알다시피 엎질러진 물이다. 좋든 싫든 이 전쟁이 끝날 때까지는 함께해야 한다."

그리 말하며 케이슨은 마현을 쳐다보며 크게 숨을 들이마셨다.

"하지만 이렇게 되었다고 해서 당장 우리 가족으로 받아들일 수도 없소."

"이해합니다."

마현은 편안한 미소를 보이며 대답했다.

"그래서 일종의 수습 기간으로 생각해주기 바라오."

"일종의 수습 기간이라……."

마현도 절로 고개가 끄덕여질 정도로 참으로 균형이 잡힌 생각이었다.

"기한은 이 전쟁이 끝날 때까지. 그리고…… 보잘 것 없는 소규모 용병대라도 위계질서는 필요하니, 말은 놓겠네."

마현은 그런 케이슨을 향해 고개를 살짝 숙였다.

"잘 부탁드립니다."

그리고 다른 이들에게도 가볍게 목례를 취했다.

"흥!"

제이든은 그런 마현의 인사에 코웃음을 치며 고개를 돌려 외면했다.

"제이든, 너무 그러지 말자고. 어차피 강한 이가 동료로 합류하면 살 확률도 커지잖아."

그레오가 제이든의 어깨를 우왁스럽게 끌어안고는 장난스럽게 막 흔들었다.

"아이 씨, 이거 안 놔!"

제이든이 신경질적으로 몸부림쳤지만 그레오는 그런 그를 양팔로 부둥켜안고는 놓아주지 않았다.

"알았어, 알았다고."

마지못해 대답한 것이 역력했지만 어찌되었든 제이든의 대답을 들은 그레오는 맑은 웃음을 지으며 마현에게 큼지막한 손을 들어올렸다.

"앞으로 잘 부탁하오."

"휴우, 어쩔 수 없네요. 잘 부탁해요, 카칸."

그레오의 인사에 자브라는 가벼운 한숨을 내쉬며 인사를 건넸다.

"나는 야숍. 나이도 비슷한 거 같으니까 서로 말 놓고 지내……."

야숍은 말을 하다 말고 냉기가 풀풀 풍기는 마현의 시선에 황급히 입을 닫았다. 그리고는 어색한 웃음을 지으며 재빨리 말을 돌려버렸다.

"……면 안 되겠네요. 앞으로 잘 부탁드립니다."

"어찌되었든 용병대에 들어왔으니 해줄 건 해줘야겠지. 자브라."

케이슨은 자브라를 불렀다.

"카칸과 함께 무구 상점에 가서 무장 좀 시켜."

"케이슨 대장."

그때 밀러가 끼어들었다.

"미안하네만 내가 가면 안 되겠나?"

"밀러 님이요?"

케이슨은 밀러와 마현을 잠시 번갈아보더니 흔쾌히 허락했다.
"그렇게 하세요."
케이슨의 허락이 떨어지자 밀러가 자리에서 일어났다.
"가세나."
"카칸."
자리에서 일어나는 마현을 케이슨이 불러 세웠다.
"다녀온 후 나를 좀 볼 수 있겠나?"
"그리하지요. 다녀오겠습니다."
마현은 밀러를 따라 진영 후방으로 향했다.
용병들의 진지를 벗어나자 밀러가 조용히 마현을 불렀다.
"단도직입적으로 물음세."
밀러는 자신을 쳐다보는 마현의 눈을 보며 옅은 한숨을 내쉬었다.
"자네는 알고 있었네."
"무얼 말입니까?"
"왜 우리 용병대인가?"
심각한 밀러의 물음에 마현은 담담한 미소를 지었다.
"자네는 누구고 무슨 의도로 우리 용병대에 들어온 것인가? 아니 기억을 잃기는 한 겐가?"
"궁금하신 게 많아 보이는군요."
"솔직히 그렇네."
"또 무엇이 궁금하신 겁니까?"

"아침에는 너무 기쁜 나머지 아무 생각도 못했지만 나에게 가르쳐준 플라이 마법 공식이며, 조금 전 보여준 무위는 솔직히 받아들이기 힘들 정도로 충격적이네."

"흠……."

"왜 자네를 구했는지 후회가 크게 드네."

"그래서 플라이 마법을 얻지 않으셨습니까?"

"그건 그렇네만……."

말끝을 흐리는 밀러에게서 시선을 뗀 마현은 뒷짐을 지며 하늘을 올려다보았다.

"내 이름은 카칸, 본명 맞습니다. 그리고 기억을 잃은 건 아니지만 잃은 거나 매한가지입니다. 그리고 왜 케이슨 용병대냐고 물으셨습니까?"

마현의 질문에 밀러는 심각한 표정으로 고개를 끄덕였다.

"거의 죽기 일보직전에 밀러 님 덕분에 살아났지요. 그건 현재 제가 가진 것이 아무것도 없다는 뜻이기도 하구요. 이런 말이 있습니다. 소도 비빌 언덕이 있어야 비빈다."

마현은 고개를 내려 다시 밀러를 쳐다보았다.

"비빌 언덕?"

밀러의 반문에 마현은 미소를 지으며 고개를 끄덕였다.

"함께할 동료를 구한다면 굳이 그 방법이 아니였어도 되지 않은가? 마음만 진실하다면 케이슨 대장이 흔쾌히 용병대에 넣어주었을 것일세."

마현은 웃음기를 얼굴에서 지웠다.
"저는 동료를 원한 것이 아닙니다."
그 말에 밀러의 표정이 굳어졌다.
단순히 정체를 알 수 없는 자라 여겼는데 그게 아니었다.
그의 몸에서 자연스레 풍겨지는 위압감은 쉽사리 범접할 수 있는 기운이 아니었다.
위에서, 자신은 상상도 하지 못할 저 위에서 아래로 내려다보는 절대자의 위엄, 바로 그것이었다.
밀러는 저도 모르게 뒤로 한 걸음 물러나며 마른침을 꿀꺽 삼켰다.
"우, 우리 용병대를 흡수할 생각인가?"
밀러는 떨리는 목소리로 물었다.
"글쎄요, 그건 아직 생각해 보지 않았습니다."
마현의 몸에서 풍겨지던 위압감이 한순간 사라졌다. 위엄이란 것은 어찌어찌할 수 있는 것이 아니었다. 그런데 지금 눈앞에 서 있는 마현은 그 위엄조차 마음대로 뿜어내고 거둘 줄 아는 이였다.
밀러의 눈동자가 하염없이 떨리는 것은 당연지사.
"밀러 님이 생각하시는 그런 일은 없을 겁니다."
"자, 자네의 지, 진정한 정체가 뭔가?"
밀러는 목소리를 쥐어짜내듯 물었다.
"제 사람이 되면 알려드리죠."

"왜 이런 사실을 나에게 말해주는 겐가? 내가 이 모든 사실을 용병대에 알릴 수 있다고는 생각하지 않은 겐가?"

"어쩐지 밀러 님은 제 사람이 될 것 같다고 이야기하면 이해가 되실지 모르겠습니다."

밀러는 머리가 너무 복잡해지자 오히려 아무런 생각도 하지 못하고 그저 멍하니 마현을 쳐다보았다.

"안 가십니까?"

"가, 가야지."

밀러는 침중한 얼굴로 다시 발걸음을 내딛었다.

용병 진영에서 조금 떨어져 후방으로 한참을 걸어가자 조금 이질적인 천막들이 쳐져 있는 곳이 나타났다. 바로 용병들을 따라 전장까지 온 상인들의 상점들이 모여 있는 곳이었다.

* * *

"정말 이걸로 되겠는가?"

진심으로 걱정이 묻어나오는 말이었다.

3시간 만이다.

군영 후방에 위치한 상점가에 들어서기 전부터 시작된 침묵이 드디어 깨졌다. 그들은 그동안 줄곧 약속이나 한듯 입을 다물고 있었던 것이다.

밀러는 마현이 입고 있는 옷과 허리에 찬 허름한 롱소드를

출전 준비 289

쳐다보고 있었다.

마현의 옷차림은 조금 특이했다.

특히 항상 싸움터를 끼고 사는 용병들이 입는 옷이 아니었다. 아니 그들이 입는 옷을 약간 수선해서 입은 것이니 아예 낯선 것도 아니었다.

마현의 체격보다 한두 치수 정도 큰, 헐렁한 상의와 하의.

거기에 반해 두꺼운 가죽으로 헐렁이는 소매를 단단히 감쌌으며, 펄럭이는 바짓단을 마치 각반처럼 가죽으로 단단히 고정시켰다. 그리고 두터운 허리띠를 둘렀다.

그게 끝이었다.

용병들이 흔히 입는 약식 갑옷이나, 이런 전장에서 필수로 입어야하는 경갑옷도 입지 않았다.

그게 끝이 아니다.

무기라고는 그의 허리에 달린 롱소드 한 자루가 다였다. 용병들 중에는 방패를 사용하지 않는 이들도 있다지만 그것도 어디까지나 중병기를 들고 다니는 이들에 한해서지 이처럼 달랑 롱소드 한 자루만 들고 전장에 참여하는 이들은 없었다.

어찌되었든 밀러의 시선을 느낀 마현은 고개를 살짝 내려 자신의 몸을 쳐다보았다.

최대한 무복의 형식에 맞춰 옷을 입었다.

근 5년 정도밖에 안 되는 시간이었지만 마현은 무복에 길들여진 모양이다. 이곳 용병들이나 기사들이 입는 몸에 착 달라붙는 옷이 상당히 불편했던 것이다.

거기에 무기점에서 산 가장 싼 롱소드 한 자루가 다였다.

무림에서 가장 익숙한, 그리고 마현이 허진에게 천수마라검을 전수받을 때 손에 쥐었던 장검과 가장 비슷한 느낌을 주는 것이 바로 롱소드였다.

물론 마현은 어떤 롱소드가 있어도 문제없을 정도로 무로일가를 이루지는 못했다. 무공을 배웠지만 그건 어디까지나 무림인을 상대하고 마법에서 부족한 부분을 채우기 위한 차선책 정도였을 따름이다.

그렇기에 현재 마현에게 있어 가장 중요한 건 어느 것도 아닌 명검이었다. 특히나 강력한 내공을 이겨내고 효율적으로 뿜어낼 수 있는 그런 명검.

하지만 그런 명검이 이런 곳에서 팔 리도 없거니와 판다 해도 살 돈이 없었다.

그래서 마현은 일단 손에 쥘 수 있는 가장 싼 롱소드를 산 것이다. 어차피 앞으로 써야 할 검은 전장에서 구하면 될 테니까.

어찌되었든 마현으로선 현재 자신이 준비할 수 있는 최상의 상태를 만들어 놓았지만, 밀러의 눈에는 그렇게 비춰지지 않은 모양이었다.

"걱정을 해주시니 그저 감사합니다."

부드러운 마현의 목소리에 밀러는 고개를 절레절레 저으며 한숨을 내쉬었다.

"모르겠네, 모르겠어."

밀러는 마법사다.

마법사지만 오랜 시간 용병으로 살아온 이였다. 그렇기에 언제나 판단은 빨랐다. 그리고 그 판단이 잘못되었어도 한 번 결정한 건 그대로 시행하는 이였다.

그런 밀러였으니 마현에 대해 이미 판단을 내렸어야 했다.

그런데 밀러는 판단을 하지 못했다.

지독하게 음습한 자, 그러면서도 왠지 따뜻함과 진심이 느껴지는 자, 거기에 누구나 가질 수 없는 위엄까지.

이런 느낌은 밀러로선 평생 처음이었다.

마현의 무위

마현은 천천히 눈을 들었다.

끝이 보이지 않는 광활한 대지가 눈에 들어왔다. 그 대지 끝에는 긴 띠를 이루고 있는 병사들이 지평선 끝까지 가득 채우고 서 있었다.

느껴진다.

적을 향한 살기.

울렁거리는 긴장감.

끓어오르는 투기.

눅눅한 전장의 열기.

"흐읍!"

마현은 눈을 감으며 천천히 숨을 들이켰다. 후끈거리는 열기가 숨결에 가득 담겼다.

입가에 잔잔한 미소가 걸렸다.

돌아왔다.

전장으로…….

피가 끓었다.

펄펄 끓어오르는 피가 느껴진다.

"후우."

폐부에서 한 바퀴 돈 뜨거운 숨은 더욱 뜨겁게 데워져 코와 입을 통해 흘러나갔다.

마현은 감았던 눈을 슬그머니 떴다.

번쩍!

강렬한 안광이 마현의 눈동자에서 한순간 폭사되었다가 사라졌다.

모두의 시선이 전장으로 향하고 있었기에 마현의 그런 눈빛을 아무도 보지 못했지만, 단 한 명은 예외였다.

밀러는 그 눈빛을 보았다.

'도대체…….'

밀러는 마현의 힘이 어느 정도일까 궁금해졌다.

하지만 본 적이 없으니 알 수는 없었다.

왜냐하면 그제와 어제, 마현은 검 한 번 휘두르지 않았다. 그렇다고 어디에 숨어서 연습을 하지도 않았다. 이틀 동안 한 번도 자신의 눈에서 사라진 적이 없었으니까.

마현은 식사 시간을 제외하고는 군막 안 그의 야전침상에서 요상하게 다리를 꼬고 앉아 있는 게 다였다. 심지어는 모두가 자는 시간에도 그렇게 있었다.

자세히 알 수 없지만 꼭 자신과 같은 마법사들이 하는 명상의 일종으로 보였다.

그러니 마현의 온전한 힘을 엿보지 못한 것은 자명한 일.

밀러는 자연스레 마현이 제이든을 눈 깜짝할 사이에 찍어 누르던 장면을 떠올렸다.

'단지 그 정도가 그의 모든 힘은 아닐 게야.'

밀러는 마현의 몸에서 풍겨진 자연스런 기도를 떠올렸다. 단숨에 상대를 움츠러들게 하고, 식은땀으로 등을 축축하게 만들 정도의 그 무서운 위엄 말이다.

하지만 그런 상념은 오래가지 못했다.

"밀러 님."

케이슨이 주위의 공기가 바뀌었음을 주지시켰다.

밀러는 마현을 힐끔 한 번 더 쳐다보고는 시선을 전방으로 돌렸다.

마현의 얼굴에서 창백함은 더 이상 보이지 않았다. 그렇다고 해서 내상이 온전히 치유된 것은 아니지만 어지간한 일이 아닌 이상 악화되지는 않을 정도다.

물론 무공이 그렇다는 거지 마법을 당장 사용하기에는 무리가 따르는 건 사실이었다. 왜냐하면 가장 중요한 서클이 아직까지 제자리를 잡지 못했고, 완벽히 다스려지지 않은 까닭이었다.

"카칸."

마현은 케이슨의 목소리에 고개를 슬쩍 돌렸다.

케이슨은 담담한 마현의 표정을 보며 고개를 끄덕였다.

"걱정하지 않아도 되겠군."

마현은 케이슨의 말에 아무렇지 않은 듯 미소를 살짝 지었을 뿐이다.

"그나저나 정말 괜찮겠나?"

"괜찮습니다."

마현은 케이슨과의 독대에서 앞으로의 전쟁이 개시되면 홀로 움직일 것이라 이야기했다. 마현이 이들을 살폈을 때 개개인의 실력도 월등했지만 차륜 형식의 집단전은 이미 거의 완벽했다.

거기에 마현 자신이 끼어들면 오히려 손발이 어지러워져 큰 약점을 들어낼 것이 분명했다.

한편 케이슨은 무리를 해서라도 마현을 용병대의 전력에 포함시킬 생각이었다.

상황이 어찌되었든 이제 마현은 자신이 지켜야 할 부하 용병인 까닭이었다.

그런데 마현이 싫다고 했다.

그래도 그를 설득하려 했다. 하지만 그런 생각을 접게 만든 것이 밀러다. 밀러는 단지 마현을 경계하는 마음에서 조언한 것이지만 그 사실을 모르는 케이슨은 평소처럼 그의 조언을 받아들인 것이다.

하지만 막상 전장에 참가하니 후회가 생겼다.

이처럼 집단끼리 맞붙는 전장에서 홀로 움직인다는 건, 거의 자살 행위나 마찬가지였다.

"가능하면 떨어지지 말게."

하지만 돌이킬 수 없는 일.

지금으로서는 그 말만이 최선이었다.

마현은 잠시 케이슨 용병대원들을 훑어보았다.

마치 화살 형상처럼 케이슨이 가장 선두에 섰고, 그의 양 옆으로 제이든과 그레오가 서 있었다. 그리고 케이슨의 뒤로 자브라와 밀러, 그리고 요셉이 일자로 서 있었다.

딱히 차륜진이나 합격진이 없는 하르센 대륙에서도 특이하게 이들은 저마다의 특성을 살려 하나의 합진 형세를 취하고 있었던 것이다.

'이 정도일 줄은 몰랐는걸.'

마현이 보기에도 딱 이상적인 합진 형세였다.

가장 실력이 좋은 케이슨이 선두에 서고 측면은 제이든과 그레오가 맡으며, 요셉이 후미를 맡는다. 거기에 자브라가 밀러를 이중으로 경호하는 형식이었다.

'아마도 오랜 경험으로 만들어진 것이겠지. 그만큼 능력들도 있다는 뜻이겠고.'

마현은 고개를 끄덕이며 다시 정면으로 시선을 돌렸다.

둥둥둥둥둥—

대지를 뒤흔들며 심장을 거세게 뛰게 하는 북소리가 울렸다.

뿌우웅—

고동나팔 소리가 전장에 울려 퍼졌다.

"와아아아아아!"

귀가 먹먹할 정도로 함성이 터져 나오며 용병들 앞에 서 있던 농노병들이 있으나마나한 창을 들고 먼저 앞으로 뛰쳐나갔다.

마현이 참전하고 있는 몬테팔코 왕국의 전선과 적국 브루넬로 왕국의 전선은 이삼백 미터 간격을 두고 떨어져 형성돼 있었다. 그 때문에 양국 농노병들이 서로 맞부딪히기까지는 상당한 시간이 흐른 후였다.

아무런 훈련이 되어 있지 않은 농노병들끼리의 충돌이라지만 힘의 균형은 깨어지기 마련. 그 균형이 무너질무렵 다시 고동나팔 소리가 용병대들의 진영에 울려 퍼졌다.

"진격하라!"

용병대를 지휘하는 귀족의 명이 떨어지자 규모가 큰 용병대의 대장들이 다시 휘하 용병들을 향해 우렁차게 명을 내렸다.

"자, 모두 진격하라!"

끓어오르던 전장의 열기가 그 명에 단숨에 거세게 타올랐다.

"와아아아아!"

"우와아아!"

아군의 사기를 드높이는 함성이 용병들에게서 터져 나왔다.

"진격 방향은······."

이어 다시 내려지는 명령은 함성에 파묻혀 잘 들리지 않았지만 용병들의 시선은 한곳에 집중되어 있었다. 벌써 한 달간 지속되어온 전장이었다. 용병들은 굳이 명령이 떨어지지 않아도 언제 투입되고, 어디로 가야 할지 몸으로 습득하고 있었던 것이다.

그렇게 용병들의 시선을 일제히 받은 곳은 마현이 서 있는 곳에서 약간 우측 면 방향의 구릉지대였다.

그곳은 농노병들이 무참히 밀리고 있는 전장이기도 했다. 반대로 말하자면 그 사이 브루넬로 왕국 쪽에서 먼저 용병들을 투입한 전장이기도 했다.

"진격!"

아래로 이어진 진격 명에 용병들은 땅을 박차고 앞으로 튀어나갔다. 그 행보에 맞춰 마현도 앞으로 튀어나갔다.

다른 용병대의 용병들이 대부분 무작정 뛰어나가는 반면 케이슨 용병대원들은 조금 속도가 떨어져도 진영을 흩트리지 않은 채 달려 나가고 있었다.

 마현 역시 급할 것이 없기에 그런 케이슨 용병대에 맞춰 달려 나갔다.

 상당한 마나가 케이슨 용병대의 중앙에서 꿈틀거리고 있었다. 밀러가 만들어낸 마나의 파장이었다.

 퍼벙!

 달려 나가는 밀러의 손끝에서 한 덩이의 불덩이가 뿜어져나갔다.

 파이어 볼이었다.

 그 파이어 볼은 케이슨 용병대를 향해 달려드는 적군 용병들에게로 떨어졌다.

 콰과광!

 시뻘건 화염이 케이슨 용병대 앞에서 치솟아 올랐다.

 "으아악!"

 미처 마법을 방비하지 못했던 적군 소속의 용병들은 비명을 지르며 쓰러졌다. 그렇게 만든 혼란 속으로 케이슨과 제이든, 그리고 그레오가 적병을 검으로 빠르게 베어 넘기며 돌진했다.

 마현은 그런 케이슨 용병대 뒤에서 천천히 나아가고 있었다.

 "죽어라!"

 케이슨 용병대를 지나친 적군 용병 하나가 마현을 향해 도끼를 휘둘렀다.

 마현은 롱소드를 들어 무지막지하게 아래로 내려찍는 도끼의 날을 가볍게 때렸다. 하지만 그 힘은 결코 가볍지 않았다.

 "헉!"

 도끼는 단숨에 위로 튕겨져 올라갔고 그로 인해 그 용병의 앞가슴이 훤히 드러났다. 마현은 망설임 없이 그의 가슴을 갈랐다.

 푸학!

 시뻘건 피가 튀며 적군 용병은 그 자리에서 허물어졌다.

 지루한 싸움이었다.

 뜨거운 열기가 끓어 오르고 주체할 수 없는 살기가 휘몰아치는 전장 한가운데였지만 마현에게 있어서는 시무한 전장일 뿐이었다.

 일 검에 적의 목숨 하나.

 착실하게 적을 베어갔지만 그다지 유쾌하지 않은 경험이었다.

 마현이 피와 살인에 굶주린 악마도 아니거니와 마치 어린아이들의 팔을 꺾는 것과 같은 일방적인 싸움에 오히려 불쾌감마저 들 정도였다.

 "죽엇!"

 그 사실을 모르는지 적군 용병들은 끊임없이 마현에게로 달려들었다.

차장창창창!

적군 용병의 모닝스타에 마현의 롱소드가 견디지 못하고 부서졌다. 적군 용병은 그 기세를 타 마현의 머리를 그대로 찍어 눌렀다.

그 순간 마현의 신형이 그 자리에서 사라졌다.

부우웅!

모닝스타가 마현이 서 있던 허공을 찢는 순간이었다.

콰직!

모닝스타를 휘두르던 용병의 목이 옆으로 꺾이며 그 자리에서 목숨을 잃었다.

'역시 조잡한 검은 내력을 이겨내지 못하는군.'

마현은 일단 급한 대로 전장에서 주인을 잃고 버려져 있는 롱소드를 발로 차 움켜잡았다.

마현은 전장을 재빠르게 훑었다.

전쟁이 시작된 지 시간이 꽤나 흘렀다. 이제는 모습을 드러낼 때가 되었다. 마현이 원하는 이들이.

'온다!'

전장을 살피던 마현의 눈이 반짝였다.

마현이 원하는 이들이 모습을 드러낸 것이다.

두두두두두두!

적진이 갈라지며 깊숙한 곳에서 한 무리의 인마 떼가 몰려나왔다. 바로 기사단이었다. 그들에 이어 경갑 기마대가 뒤를 이었지만 마현의 눈에는 들어오지 않았다. 기사단을 바라보던 마현의 신형이 그 자리에서 사라졌다.

"차지!"

매섭게 질주하던 기사단장의 우렁찬 명에 기사들은 육중한 랜서들을 치켜세웠다.

콰광! 콰과과광!

기사단은 앞에 걸리는 것은 모조리 부숴 버리며 돌진했다.

"으아아악!"

"크아악!"

그들의 등장은 단번에 전세를 뒤흔들어 놓았다.

마현이 모습을 드러낸 곳은 기사단 후미 부근이었다. 그런 마현의 눈은 기사단의 허리를 훑고 있었다. 그리고 가장 후미에서 달리고 있던 한 기사의 허리에 눈이 딱 멈췄다.

위치도 좋았다.

마현의 몸이 아래로 숙여지는가 싶더니 후미에서 달리고 있는 기사를 향해 빛살처럼 쏘아져나갔다.

전력을 다해 달리는 말보다 마현의 마라환영보가 더 빨랐다. 단숨에 기사단을 따라잡은 마현은 조잡한 롱소드를 들어 달리는 말의 앞다리를 그대로 잘라버렸다.

푸학!

붉은 피가 사방으로 튀었다.

푸히이이잉!

말은 구슬프게 울부짖더니 더 이상 앞으로 달리지 못하고 앞으로 고꾸라졌다. 그로 인해 말에 타고 있던 기사도 땅바닥에 처박혔다.

강한 충격을 받았을 텐데도 기사는 재빨리 자리에서 일어나며 롱소드를 뽑아들었다. 하지만 이미 그 순간 한 줄기 검광이 기사의 목을 훑고 지나갔다.

그의 목에 붉은 선이 생기는가 싶더니 머리가 투구째 바닥으로 툭 떨어졌다. 약간의 시간 차이를 두고 머리를 잃은 기사의 몸은 고목나무가 넘어가듯 앞으로 쓰러졌다.

마현은 그런 그의 손과 허리에서 롱소드와 검집을 뽑아들었다.

쐐애애액!

바람을 가르는 소리가 조악한 롱소드와는 차원이 달랐다. 또한 균형감도 나쁘지 않았다.

우우우웅!

내력을 넣자 하얀 검신이 검명을 토해냈다.

명검은 아니지만 적어도 자신의 내력에 부서지지는 않을 것 같아 마현은 마음에 들었다.

사실 여기서 이보다 더 좋은 검을 찾는다는 건 지나친 욕심일 터. 마현은 흡족한 미소를 지으며 기사의 검집을 허리에 찼다.

그 순간 마현의 눈매가 굳어졌다.

자신이 서 있던 곳 후방에서 상당한 기운이 뿜어져 나온 것이다. 방금 이곳을 돌파한 기사단을 상대하기 위해 몬테팔코 진영에서 대규모의 기사단이 나온 것이 분명했다.

동시에 케이슨 용병대가 있는 곳에서도 무시할 수 없는 기운이 치솟은 것이다.

이곳은 미끼였다.

아니 이곳을 뚫고 지나간 기사단 자체가 미끼인 것이다.

브루넬로 왕국은 소수의 기사단을 이용해 몬테팔코 기사단을 이곳으로 유인한 후, 실질적으로는 케이슨 용병대가 있는 곳을 뚫으려 하는 것이 분명했다.

두두두두두!

어느새 케이슨 용병대가 있는 곳으로 대규모의 중무장을 한 기사단 무리들이 모습을 드러냈다.

'젠장!'

그냥 놔둔다면 필시 케이슨 용병대는 죽음을 면치 못한다.

그들을 살릴 것인가, 아니면 그냥 둘 것인가?

살리려면 본신의 힘을 드러내야 한다. 하지만 그러기에는 시기가 너무 빠르다.

마현의 고심은 오래가지 않았다.

자신의 실력을 본 자는 모두 죽여 버리면 된다고 생각했다.

아직까지 그들을 어떻게 할지 결정하지는 않았지만 적어도 지금 죽어서는 안 된다. 마현의 신형이 그 자리에서 다시 사라졌다.

"대, 대장!"

 온몸을 피로 목욕이라도 한 듯한 그레오가 전방을 가리키며 케이슨을 불렀다.

 "……밀러 님."

 "후우, 후우. 공격을 약간이나마 늦출 수는 있을까. 내가 어찌할 수 있는 수준이 아니네."

 밀러는 거친 숨을 몰아쉬며 힘겹게 말을 이었다.

 케이슨은 입술을 지그시 깨물며 동료들을 쳐다보았다. 하나도 빠짐없이 모두가 피를 뒤집어쓰고 있었다. 그리고 눈에 띄게 지쳐 있었다.

 케이슨은 바스타드 소드를 강하게 움켜잡으며 전방으로 시선을 돌렸다.

 한가운데다.

 이곳으로 몰아쳐오는 기사단은 족히 수백은 되어 보였다. 그 거센 공세의 중앙에 용병대가 위치하고 있었다. 옆으로 피할 수도 없는 최악의 장소에 케이슨 용병대는 서 있었던 것이다.

 "대장!"

 제이든이 한 걸음 내딛으며 옆으로 다가섰다.

 죽음을 각오한 모양이었다.

 케이슨은 잠시 눈을 감았다가 다시 떴다. 죽음을 두려워해 잠시 나약해졌던 눈빛은 어느새 사라졌다. 그의 굳게 닫혔던 입술이 벌어졌다.

"모두 다 살 수 없다. 야숍만이라도 살린다."

"대, 대장."

야숍이 케이슨의 명에 기겁하며 그를 불렀다.

"마지막 명이다, 지금 당장 뒤로 도망쳐라."

"그, 그럴 수는 없어요."

"야숍!"

케이슨은 처음으로 노성을 내질렀다.

그러면서 손에 들고 있던 방패를 버리며 바스타드 소드를 양손으로 움켜잡았다.

"우와아아아아!"

케이슨은 바스타드 소드를 번쩍 들며 앞으로 달려 나갔다. 한 걸음이라도 더 내딛으려는 듯 전력으로 달렸다. 이어 제이든과 그레오, 그리고 자브라가 이를 악문 채 뒤를 이었다.

한 걸음이라도 더 내딛어야 야숍이 산다는 것을 그들은 본능적으로 알고 있었던 것이다.

그와 반대로 밀러는 이곳으로 몰아치는 기사단을 노려보며 몸 안에 얼마 남지 않은 마나를 최대한 끌어올렸다.

그들이 기사단과 막 부딪히기 직전이었다.

앞으로 달려 나가던 케이슨 용병대의 앞에 검은 그림자가 하늘에서 뚝 떨어졌다.

"카, 카칸?"

멈추지 말아야 한다고 생각하는데도 그들의 발걸음이 마현의 등 뒤에서 멈췄다.

"살고 싶으며 내 등 뒤에서 떠나지 마라!"

마현의 몸에서 감히 상상조차도 하지 못했던 엄청난 기운이 뿜어져 나왔다.

우우우웅!

동시에 마현이 들고 있던 롱소드에서 웅혼한 검명이 흘러나오더니 검은 빛의 오러가 서서히 맺혔다.

'오, 오러?'

케이슨의 눈동자가 크게 떠졌다.

그 뒤에 있던 제이든도, 그레오도, 자브라도.

또 몇 미터 뒤에 서서 마법을 준비하던 밀러도, 그리고 그 뒤에서 도망치지 않겠다고 발악하던 요셉도.

그들 모두의 눈동자가 동그랗게 변해 파르르 떨리고 있었다.

두두두두두!

지축을 흔드는 말발굽 소리.

금세라도 자신들 밟고 지나갈 듯 다가오는 무시무시한 소리도 그 순간 귀에 들어오지 않았다.

마치 청력을 잃은 것처럼 그들의 귀엔 아무 소리도 들리지 않았다.

그저 꿈처럼 자신들을 덮쳐오는 기사단의 모습만 서서히 커져갈 뿐이었다.

그때 마현의 롱소드가 검은 빛을 허공에 토해냈다.

번쩍!

마치 한 줄기 벼락처럼 검은 빛이 하늘에서 뚝 떨어졌다. 그렇게 보였다. 그들의 눈에는.

푸하아아악!

랜서를 들고 달려오던 기사가 말과 함께 양단되었다. 반으로 갈라진 말과 기사의 몸뚱이는 마현의 양옆으로 나뒹굴었다.

그리고…….

푸히이이잉!

"으아아악!"

거친 말발굽 소리와 말발굽에 밟혀 죽어나가는 비명소리가 대지 가득 울려 퍼졌다.

〈11권에서 계속〉
작가 블로그
http://pjs2517.tistory.com

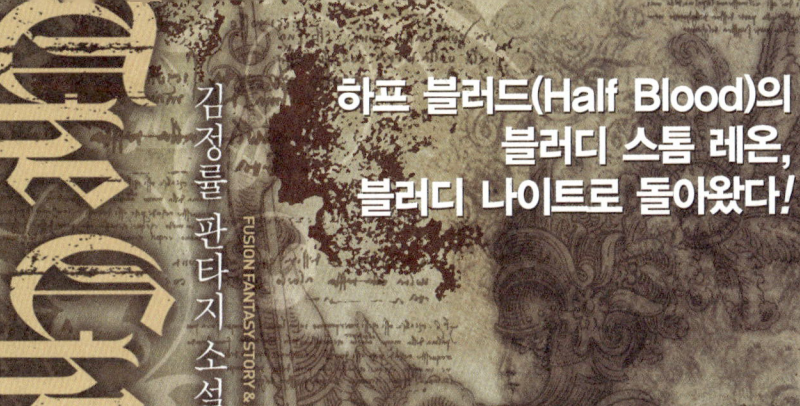

김정률 판타지 소설

FUSION FANTASY STORY & ADVENTURE

하프 블러드(Half Blood)의
블러디 스톰 레온,
블러디 나이트로 돌아왔다!

트루베니아 연대기

판타지의 신화를 창조해가는
최고의 작가 김정률!
『소드 엠페러』 그 신화의 시작.

『다크메이지』, 『하프블러드』,
『데이몬』에 이은 또 하나의 대작!

dream books
드림북스

FANTASY STORY & ADVENTURE

흡혈왕 바하문트

Bahamoont the Blood

쥬논 판타지 장편 소설

판타지의 연금술사 쥬논!
『앙신의 강림』,『천마선』,『규토대제』
그 화려했던 시대가 저물고, 새로운 신화로 돌아왔다!

붉은 땅, 고대 흉왕의 무덤에서 권능을 얻은 바하문트.
악마의 병기 플루토의 절대 지배자!

이제 모든 질서를 파괴하는 피의 전쟁을 선포한다!

dream books
드림북스